はがきの名文コンクール

第6回優秀作品集

NHK出版

目次

hagaki column

＊作品は、作者のお名前の50音順に並べています。希望に応じてペンネームもあります。
＊都道府県名は応募はがきに書かれた住所から記し、年齢も応募時のものです。
＊改行は原文通りではなく、読みやすさを考えて行なっています。

装幀　三村 淳
装画・挿画　丹下京子

はがきの名文コンクール

第6回

一言《ひとこと》の願い

ようこそ、はがきの名文コンクールへ

新型コロナウイルスの感染が収束しないまま、季節は巡りました。周囲のそこここにコロナ疲れがにじんでいるようにも見えます。

初めての緊急事態宣言が発出された昨春、先の見通しが立たないままコンクール開催の可否をめぐって検討がなされました。その間、ホームページや電話、お便りでお問い合わせをいくつもいただきました。開催を待っています――そんなお声を感激とじりじりした焦りでもって受け止めました。開催しなければ……！

やがて日本郵便をはじめ協賛企業、組織のお力添えを得て、スタートを少し遅らせつつも開催の運びとなりました。やむを得ず募集期間が半月ほど短くなってしまったのですが、それでも三歳から百四歳までの方々から、二万五千を超えるはがきをいただきました。どんなにうれしかったことか。

九月十日の締切後、すぐに読み始めました。二万五千余のはがきのうち、感覚的にはその半数以上にコロナ収束（終息）の願いが書かれていて、圧倒されました。

新型コロナウイルスのために会えずにいる家族、友人、恋人。中断された計画、中止された催し、通えない学校、見送った旅……。せき止められた川の流れが行き場を求めるように、願いは一つに集約されたのです。コロナが収束しますように!!

圧倒されながら毎日はがきを読むうちに、気持ちは震え、ほどけ、また励まされました。そうして残った最終候補作百数十の中から三名の選考委員に選ばれた受賞作、宛先である郵便名柄館《ながらかん》の運営者たちが賞を贈った十作、惜しくも受賞は逃したもののぜひとも多くの方々と共有したい九十九作、計百三十作の「はがきの名文」を収めて、ここに作品集をお届けします。

この一冊は、コンクールをめぐるすべての関係者――はがきを送ってくださった方々、受賞されたみなさん、選考委員のお三方、協賛各社各組織、郵便名柄館のメンバーたち、そして実行委員会のスタッフ一同が、新型コロナウイルスに負けず、一日また一日と、日を送る力とした「希望」の結晶なのかもしれません。手にとってくださったあなたも同じように希望を抱くお一人ではないですか?

今年も、第7回はがきの名文コンクールを開催します。「願い事」はそれがどこであれ、未来に向かっています。願いを言葉にすることは、心のうちに芽生えた希望のかたちを確認する作業ではないでしょうか。

はがきに願い事を書きましょう。綴《つづ》られた言葉は郵便という、今日まで百五十年の歴史を積み重ねてきた頼もしい仕組みが確実に宛先に運んでくれます。

コロナとの暮らしが始まって二度目の夏。

私たちのコンクールへようこそ。あなたのはがきを大切に受け取ります。

選考委員紹介

◉五木寛之《いつきひろゆき》（作家）
一九三二年、福岡県生まれ。生後間もなく朝鮮にわたり戦後、引き揚げ。早稲田大学露文科中退後、PR誌編集、作詞、ルポルタージュを手掛ける。六六年「さらばモスクワ愚連隊」で小説現代新人賞、翌年『蒼ざめた馬を見よ』で直木賞、七六年『青春の門　筑豊篇』ほかで吉川英治文学賞受賞。英文版『TARIKI』は二〇〇二年度「BOOK OF THE YEAR」（スピリチュアル部門）銅賞に選ばれた。〇二年菊池寛賞受賞。『親鸞』（一〇年刊）で毎日出版文化賞特別賞を受賞。『風に吹かれて』『戒厳令の夜』『風の王国』『蓮如』『大河の一滴』『百寺巡礼』など著書多数。近著に『生き抜くヒント』『心が挫《くじ》けそうになった日に』『こころの散歩』『新版　夜明けを待ちながら』などがある。

◉村山由佳《むらやまゆか》（作家）
一九六四年、東京都生まれ。立教大学文学部卒業。九三年「天使の卵　エンジェルズ・

エッグ」で小説すばる新人賞を受賞。二〇〇三年『星々の舟』で直木賞、〇九年『ダブル・ファンタジー』で柴田錬三郎賞、島清恋愛文学賞、中央公論文芸賞、二一年『風よ あらしよ』で吉川英治文学賞を受賞。著書は「おいしいコーヒーのいれ方」シリーズ、『放蕩記』『天翔る』『風は西から』『ミルク・アンド・ハニー』など多数。近著に『雪のなまえ』『命とられるわけじゃない』などがある。
日曜深夜のNHK-FM「眠れない貴女へ」のパーソナリティも務める。

◉齋藤《さいとう》 孝《たかし》（教育学者、明治大学教授）
一九六〇年、静岡県生まれ。東京大学法学部卒業。東京大学大学院教育学研究科博士課程等を経て現職。専門は教育学、身体論、コミュニケーション論。二〇〇一年『身体感覚を取り戻す』で新潮学芸賞を受賞。同年に刊行された『声に出して読みたい日本語』はシリーズ二六〇万部を超えるベストセラーとなり、同著で毎日出版文化賞特別賞を受賞。NHK-Eテレ「にほんごであそぼ」総合指導。TBSテレビ系「新・情報7days ニュースキャスター」、日本テレビ系「世界一受けたい授業」などテレビ出演多数。著書は『読書力』『大人の語彙力ノート』『図解 学問のすすめ』『こどもルールブック よくできました!』『自分の芯をつくる学び』など多数ある。

選考を終えて

【最終選考会】

ＧｏＴｏトラベルが実施されていた十月下旬。アクリル板を立て、空気清浄機を駆動させた会場に選考委員のお三方が参集されました。最終候補作百数十作から厳選された、それぞれの「推し」を胸に秘めておられるはずです。

最終候補作は、選考スタッフが選びました。ライターや編集者など、文筆に関する仕事をする面々です。応募はがきは実行委員会事務局が厳重に管理しているため、特定の一室から動かさずに選考します。

昨年は、新型コロナウイルス感染防止のために入室人数を制限し、その代わり時間をかけて読み込みました。一つの作品は必ず二名以上が読み、一人の判断で可否を決めることは絶対にありません。そうして百数十にまで絞った作品を選考委員の元に届けたのでした。

一年ぶりに再会した選考委員は近況報告の後、和やかに選考を開始されました。「推し」を挙げてその理由を語る――そこから議論が深まっていきます。

こうして決まった大賞作品の講評は一四ページをご覧ください。選考委員賞受賞作は二二～二七ページに掲載しています。

第5回優秀作品集をお持ちの方は見比べてください。
間隔を十分取り、アクリル板を立てての記念撮影でした。

◉五木寛之さん

第6回コンクールに寄せられたはがきを読むと、ソーシャルディスタンスを確保する必要があって「横」にはつながりにくいぶん、祖父母、父母、きょうだいなど「縦」の関係が深まった印象があります。家族という小さな単位が浮かび上がりました。接することができる限られた人との関係のあり方が短い文章に反映されていたと思います。こうした短文での表現は日本人に向いているのではないでしょうか。コンクールを通じて「はがき万葉集」ができたらいいですね。時代を反映した作品が多かったのも印象的でした。

【五木寛之賞受賞作について】

第5回に続いて子供さんに賞を贈ります。今回の作品は子供による親のスケッチですが、働く父親の姿が浮かび上がってきますし、家族の愛情も感じられるところに惹《ひ》かれました。洗面所しか独立したスペースがなく、汗臭くなって働くというのが、日本の在宅勤務の現実なのでしょうか。

◉村山由佳さん

最終候補に残った作品は、新型コロナウイルスの影響があっても、それぞれの状況を絶望ではなく希望につなげていると感じさせました。力作ぞろいで絞っていくのが大変。一枚のはがきにその人の人生が詰まっています。手書きのはがきもたくさんありましたが、その文字が伝える情報量は実に豊かです。ひと目見ただけで書き手の顔とか、元気そうな様子が浮かんできます。この先も質量をともなって残るのは、紙とそこに書かれた文字なのかもしれないですね。

【村山由佳賞受賞作について】

書かれた願いは「手料理を食べる彼を見ていたい」ととてもシンプルです。でも年齢ゆえに介護や相続の問題まで浮上するという、すべてをひっくるめてドラマがあります。人生は長いのですからたくさん恋をしてほしい。応援する気持ちで賞を贈ります。

◉齋藤 孝さん

短い文章の中に、くすっと笑える何かを描くことができた作品が多く、面白く読みました。一方で、濃度の高い文章にも惹《ひ》かれます。はがきの限られたスペースに、その人が生きてきた何十年という時を込めることができるのですね。絵画鑑賞には額縁が大事ですが、はがきも言ってみれば額縁です。同じ額縁だからこそ、それぞれの個性が鮮やかに発揮されます。また、他の選考委員の方々のお話を聞いて、「そう読むのか！」と発見することが多々ありました。

【齋藤孝賞受賞作について】

私は大学教員なのでこの作品は突き刺さりますし、よくわかります。はがきにも書かれている通り、特に新入生は入学以来誰とも会わずに過ごし、自身のアイデンティティが希薄に感じられたことでしょう。そうした思いが素直に伝わってくる作品です。

第6回はがきの名文コンクール大賞作品が決まるまで

百数十の最終候補作の中から選ばれるたった一作の大賞作品を、最終選考会の開始前に予測するのは至難の業です。ところが、選考委員の議論の流れからふっと一作が浮上したとき、これしかないという確信を伴って受賞作が決定します。

一六～一七ページに掲げた佐野由美子さんの大賞受賞作。大賞以外の受賞作がほぼ決まった段階で、「この作品、わかりますねぇ」と共感を示されたのは村山さんでした。同じように感じたご経験もあるとのこと。すると五木さんが「量が多い」というのは美味しくないことをやんわり伝える外交用語なんですよ、と穏やかに発言。驚いた村山さんが「え、じゃあ、あの時の私の料理も……今ごろショックです」。すると齋藤さんが「そう伺うと、深読みできる作品ですね。『量が多い』に傍線を引いて解釈の出題ができそう」。

やがて五木さんが「外交用語が使える夫はなかなか大人。でも、仕事をして、家事もして、女性は大変なんですよ」と作品全体に対してコメントされると、「『私を大人にして』と言う彼女の懐の深さもいいですね」と村山さん。そして「多くの人の共感を得られる作品ではないでしょうか」と齋藤さん。こんな流れになったとき、大賞作品はすでに確定していたのでした。

2020年

第6回 はがきの名文コンクール

テーマ

一言の願い

初めての緊急事態宣言発出後、コンクール実施の道筋が見えなくなってしまいました。解除から立て直しを図ったのですが、募集期間を半月余り短縮せざるを得ませんでした。にもかかわらず、応募総数は二万五千通以上。感激しました。

そんな新型コロナの日々に誕生した、栄えある受賞作を紹介します。

◉大賞

佐野 由美子さん（50歳・三重県）

今、ぷいと居間を飛び出して二階の空き部屋で膝を抱えています。
原因なんて些細《ささい》な事です。
パートを終え帰宅し、急いで作った夕飯を夫が食べ
「量が多いな」と呟《つぶや》いた……それだけです。
私だって働いてるのに！　頑張ってるのに！　喜ぶかと思ったのに！
「のに」ばっかりの50歳です。
「更年期」って言葉では片付けられないくらい、心の中がぐちゃぐちゃです。
神様、早く私を大人にしてください。
あっ、ついでに夫も大人にしてください！

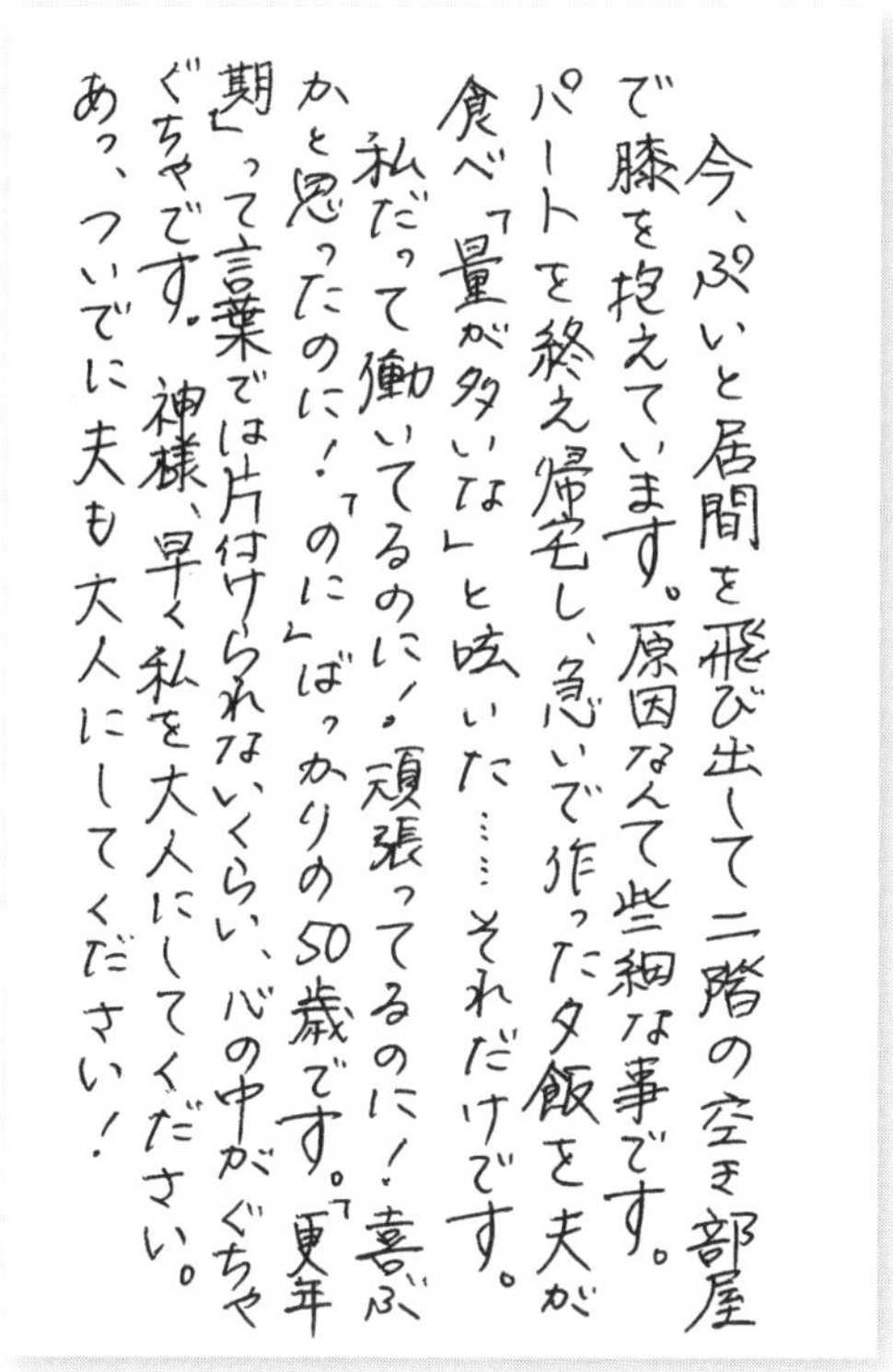
今、ぷいと居間を飛び出して二階の空き部屋
で膝を抱えています。原因なんて些細な事です。
パートを終え帰宅し、急いで作った夕飯を夫が
食べ「量が多いな」と呟いた……それだけです。
私だって働いてるのに！頑張ってるのに！喜ぶ
かと思ったのに！「のに」ばっかりの50歳です。「更年
期」って言葉では片付けられないくらい、心の中がぐちゃ
ぐちゃです。神様、早く私を大人にしてください。
あっ、ついでに夫も大人にしてください！

急いで作ったのはスパゲティ・ナポリタンだったとか。たっぷり作ってお腹いっぱい食べてもらうのが好きで、と佐野さん。膝を抱える姿は子供っぽくも思えますが、自分自身を冷静に捉える目線はしっかり「大人」。心の機微をさりげなく掬《すく》い取り、ユーモラスに伝える巧みな筆致です。

【受賞の言葉】

「その封筒」がポストに届いたのは、二〇二〇年十月二十四日（土）夕方のことでした。

私は夫とふたり、夕ご飯を食べに市内の料理店へ行っていました。食事を終え、帰宅して「その封筒」を手にしたのです。

差出人は、はがきの名文コンクール実行委員会となっていました。封書が届いたということは、何かしらの賞に入った……ということなのかしら。いやいや、それにしては封筒の厚みが薄い……。数秒の間に、様々な思いが頭の中に去来しました。

今日は土曜日。ここで封を開けて、

『今回は残念ながら……』

という内容だとしたら……。明日の日曜日は、どんよりとした気分で過ごさなくてはなりません。

「明日、開けよう。……今日は、見ない」

そう決めました。

とは言うものの。今度は、気になって気になって仕方がありません。テレビを観ていても、うわの空。布団に入っても、なかなか寝付けません。

「ええいっ！　もう、見るしかない！」

そう決心したのが、夜中の三時。ゴソゴソと起き出し、封筒にハサミを入れました。

大きく息を吐いて、意を決して目をやった先に《大賞》の文字を見た時の喜びといったら！　とても言葉で言い表すことはできません。それでも強いて、無理に言葉にしようとするならば……

「こんなことって、あるんだ！　生きてて良かった!!」

って感じですかね。

便箋が一枚入った薄い封筒は、あの日確かに、私に『幸せ』を届けてくれました。

一枚のはがきをきっかけに、たくさんの人と出会い、お話ができたこと。

一枚のはがきをきっかけに、いろんな人から「すごいね」と褒《ほ》めてもらえたこと。

このキラキラした、ひとつひとつの出来事を……私は忘れません。

選考委員の皆さま。選んでくださって、ありがとうございました。

「あっ、ついでに」夫からも一言

この度は妻の受賞のお陰で、表彰式後、一言主神社へも参拝することができました。

この機に便乗して、しっかりお願い事をしてきました。

いつ叶うか、わくわくしながら……宝くじ売り場へ通う今日この頃です。

コラム❶ 会えないから、はがき

募集期間が半月ほど短くなってしまったにもかかわらず、二万五千通もの応募をいただいて実行委員会一同、とても感激しました。締切の日から毎日読み込みました。来る日も来る日も手にするはがきは前年までとは大きく違っていました。

ある程度は予期していたのですが、応募はがきの半分近くに新型コロナ収束の願いが綴《つづ》られていたことには驚かされ、痛切に感じずにはいられませんでした。そうしたはがきの多くが、会いたい人に会えないことを嘆いていました。やるせなさに悶《もだ》えていました。

両親に、祖父母に、孫に、娘に、息子に、友達に、恋人に――会えない。私たちの多くはこれまで、「会わない」ことはあっても「会えない」辛《つら》さをさほど経験せずに暮らしてきたのではないでしょうか。

ところが、新型コロナウイルスの感染拡大は有無を言わさず、会えなくしてしまいました。もちろんＳＮＳをはじめとするオンラインサービスが能力を発揮し、代替機能を担いました。けれど、手紙やはがきもしっかりとその存在感を示し、役目を果たしています。手書きの文字が時には電子化された文字以上の思いをのせて、感染の危険の中で果敢に配達を担う人々の力により、会いたい相手に届けられました。

◉佳作　10作

例年、最終候補作までに絞る選考の過程では、スタッフが長テーブルに集い、折々に感想を言い合って、はがき作品を皆で共有しながら作業を進めてきました。

ところが第6回コンクールの選考は一人ずつ壁に向かい、はがきと一対一で対峙《たいじ》することとなりました。

期せずして作品との距離は縮まり、言葉がより鮮やかに感じられたものです。

そんな忘れ得ぬ作品群の中から、
まずは選考委員賞3作を含む佳作10作です。

◉五木寛之賞

山下 翔平さん（5歳・東京都）

ぼくのおねがい
「パパがくさくなりませんように」
ぼくは、パパにつかまってあそぶのがだいすきです。
でもこまるのがパパがくさいことです。
コロナのえいきょうでパパはまいにちおうちで、おしごとしていて
ぼくのはなしごえや　おとうとのなきごえがきこえてしまうので、
ドアがしっかりしまるせんめんじょでおしごとしています。
せんめんじょはとてもあつくていつもあせだくで
くさくなってしまうみたいです。
はやくコロナがなくなるといいな。

ぼくのおねがい「パパがくさくなりませんように」ぼくはパパにつかまってあそぶのがだいすきです。でもこまるのがパパがくさいことです。コロナのえいきょうでパパはまいにちおうちで、おしごとしていてぼくのはなしごえやおとうとのなきごえがきこえてしまうのでドアがしっかりしまるせんめんじょでおしごとしています。せんめんじょはとてもあつくていつもあせだくでくさくなってしまうみたいです。はやくコロナがなくなるといいな。

リモートワークが日常となり、朝、玄関で見送っていたはずのパパが一日中家に居て、しかも洗面所に籠もっている——５歳の山下さんには不思議な事態だったことでしょう。それでも、汗水を流して一生懸命働くパパの姿を間近に見た経験は、コロナがなくなっても心に残るでしょうね。

◉村山由佳賞

赤間《あかま》 登美《とみ》 さん（69歳・岐阜県）

ジジババが恋をして何が悪いと言うのだろう。
私60代後半、彼70代半ば。
俗に人は「超老いらくの恋」と言う。
お互いに子持ち孫持ち、当然反対もある。
近い将来起こるであろう介護問題、相続問題も前に立ちはだかる。
今、私の望む幸せとは、
私の手料理を彼が「美味しい」と言って食べるのを笑顔で眺めていたい。
今まで一人で歩いた道を二人で手をつないで歩きたい。
そして彼よりもほんの少し先に逝きたい。
ただそれだけの事なのである。
叶うだろうか。叶ってほしい。

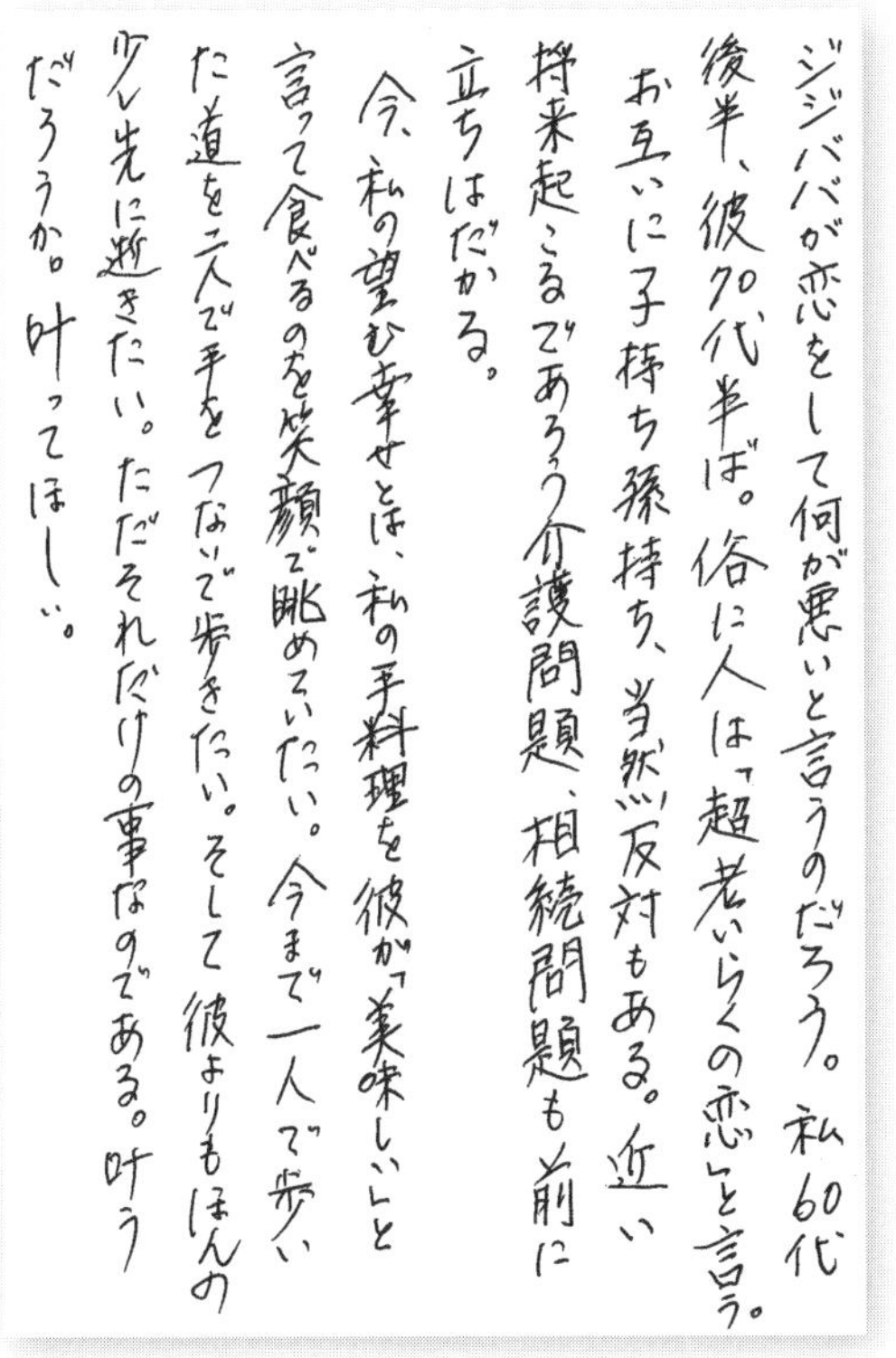
ジジババが恋をして何が悪いと言うのだろう。私60代後半、彼70代半ば。俗に人は「超老いらくの恋」と言う。お互いに子持ち孫持ち、当然反対もある。近い将来起こるであろう介護問題、相続問題も前に立ちはだかる。
今、私の望む幸せとは、私の手料理を彼が「美味しい」と言って食べるのを笑顔で眺めていたい。今まで一人で歩いた道を二人で手をつないで歩きたい。そして彼よりもほんの少し先に逝きたい。ただそれだけの事なのである。叶うだろうか。叶ってほしい。

赤間さんははがきを投函された後、願いを叶えて結婚なさいました！　それに伴って他県に転居したため、受賞の通知が転送されるまでに日を要し、実行委員会では少しの間ハラハラしました。表彰式には夫婦つれだって参加され、ほかの受賞者の皆さんからも祝福を受けておられました。

◉齋藤 孝賞

藤井《ふじい》 祐聖《ゆうせい》さん（19歳・東京都）

佐賀を離れて半年。
僕は、大学生なのだろうか。
大学には一度も行ったことがない。
大学への行き方も分からないし、これからの僕自身の生き方も分からない。
ただ、淡々と過ぎていく日々。
コロナは、僕が夢に見ていた大学生活を奪った。
でも、与えてくれるものもあった。
それは、自分という大切なもの。
コロナ期間は、家庭菜園に取り組み野菜と自分の成長スピードを勝負した。
大敗北である。
自分とは何者なのか。誰でもいいから教えて。

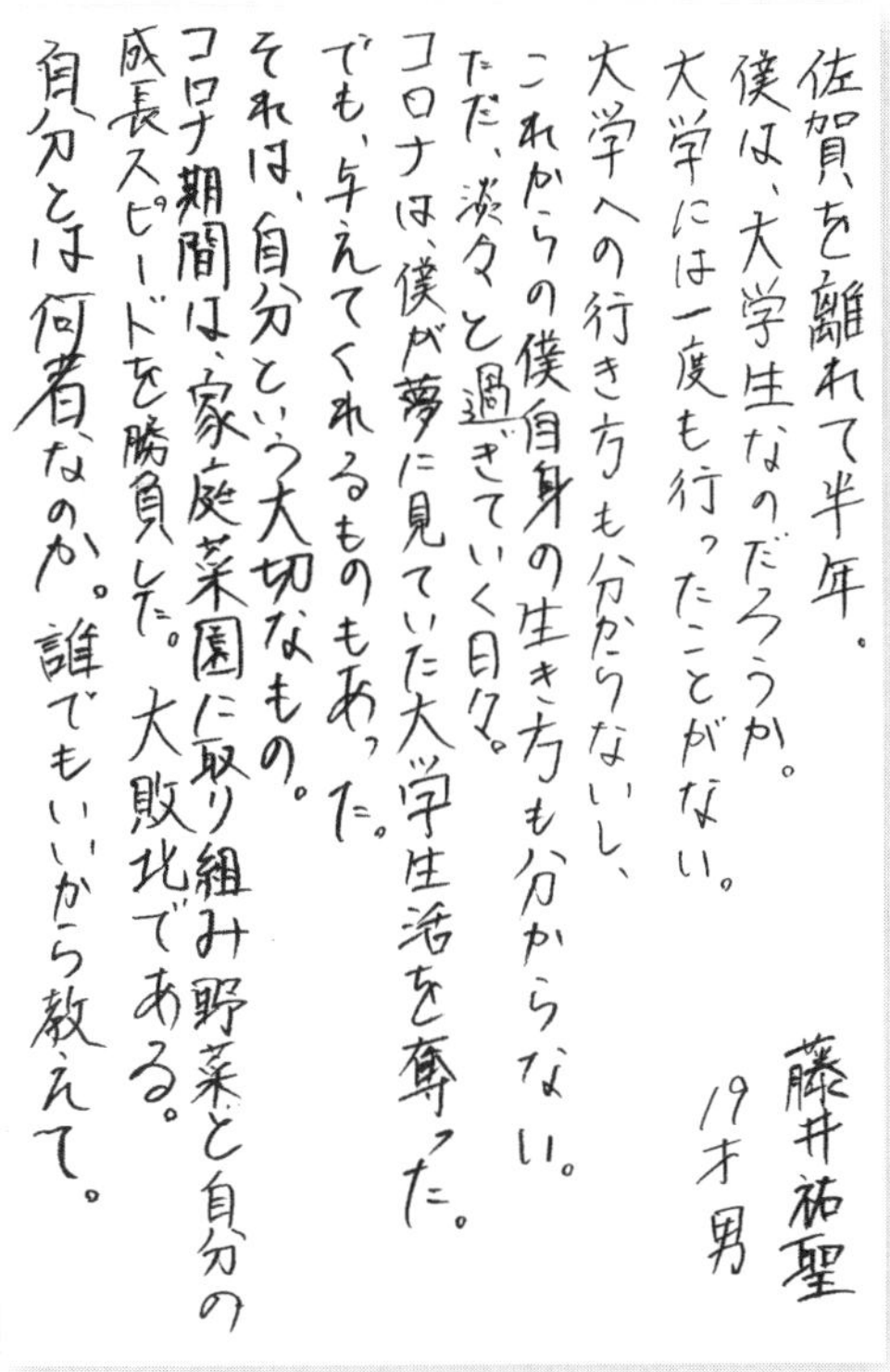
佐賀を離れて半年。
僕は、大学生なのだろうか。
大学には一度も行ったことがない。
藤井祐聖
19才男
大学への行き方も分からないし、
これからの僕自身の生き方も分からない。
ただ、淡々と過ぎていく日々。
コロナは、僕が夢に見ていた大学生活を奪った。
でも、与えてくれるものもあった。
それは、自分という大切なもの。
コロナ期間は、家庭菜園に取り組み野菜と自分の
成長スピードを勝負した。大敗北である。
自分とは何者なのか。誰でもいいから教えて。

表彰式には一人で参加。壇上でのスピーチは聴衆の胸を打つものでした。「この場に集まった人々の人生に触れられてよかった」と。多くの人と接し、語り合う生活を先送りせざるを得なくなったコロナ禍の中の学生たち。それでも真摯《しんし》に自分に向き合う藤井さんに、心からエールを送ります。

首長《しゅなが》 英子《えいこ》さん（71歳・埼玉県）

老人ホームに住む母は耳が遠く、毎日訪問しても、
ほとんど会話を楽しめず、回廊を一緒に散歩するだけでした。
コロナ禍で面会禁止となり、
私は前日の新聞に便箋一枚の便りをはさんで事務所へ届けます。
思い出話、時事、見聞きした軽い話など　話題に悩むことはありません。
94才の母は週末に七枚の大封筒をまとめて返してきます。
一枚ごとに便箋の返信をいれて。
二人の見つけた小さな楽しみが一日も長く　続きますように。

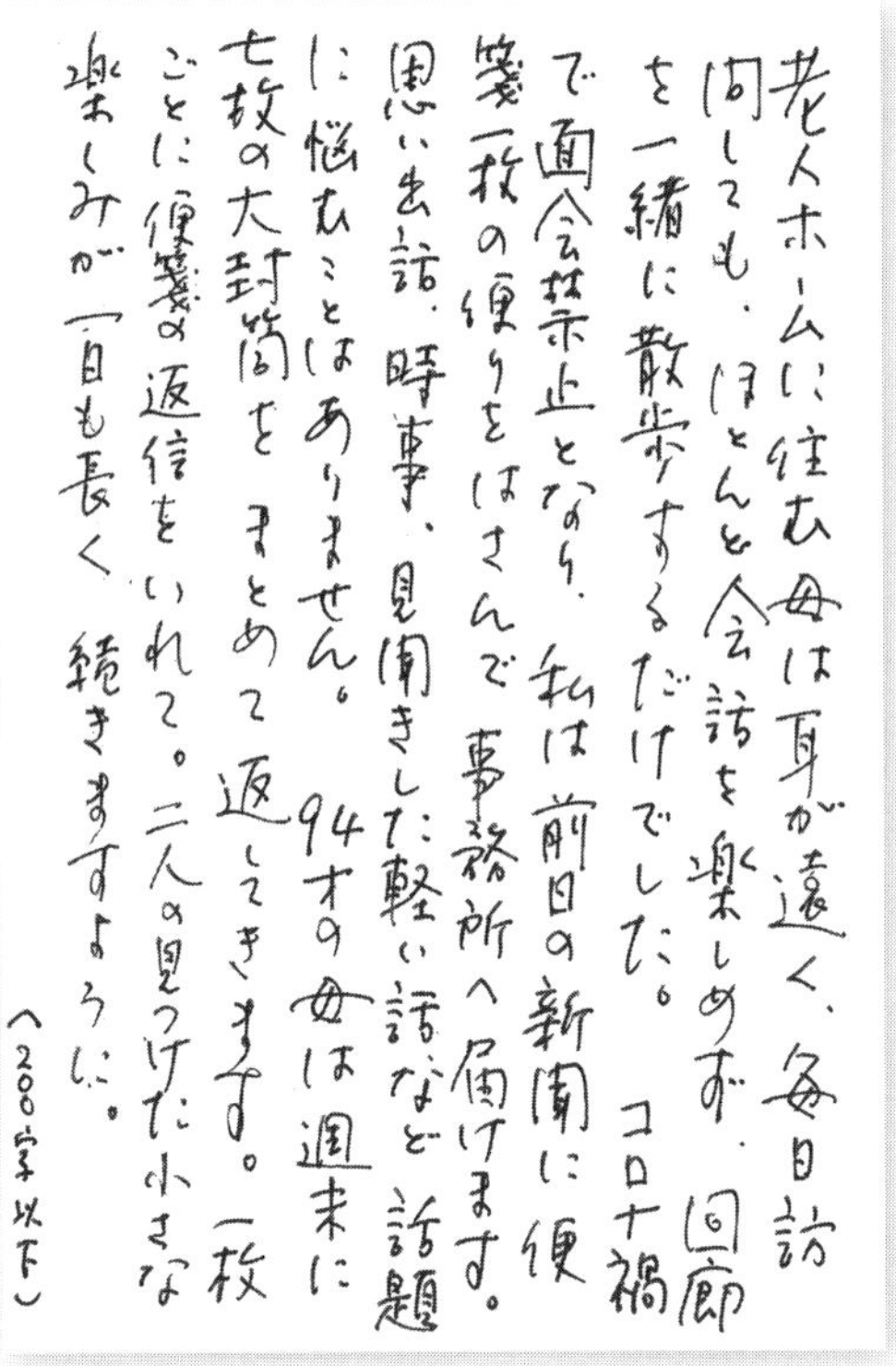
老人ホームに住む母は耳が遠く、毎日訪問しても、ほとんど会話を楽しめず、回廊を一緒に散歩するだけでした。コロナ禍で面会禁止となり、私は前日の新聞に便箋一枚の便りをはさんで事務所へ届けます。思い出話、時事、見聞きした軽い話など話題に悩むことはありません。94才の母は週末に七枚の大封筒をまとめて返してきます。一枚ごとに便箋の返信をいれて。二人の見つけた小さな楽しみが一日も長く続きますように。
（200字以下）

首長さんと母上との「文通」は、NHK「おはよう日本」関東甲信越ニュースで放映されました。お二人が日々交わし続けておられる言葉の堆積は比類のないものです。その力が他者の心も震わせます。一枚のはがきの背後には豊穣な世界があることを、証明するかのような作品です。

髙橋 文利さん（67歳・静岡県）

最近、辞書で「カワセミ」を引いたら「異名ショウビン」とあった。
たちまち私は、六十年前の幼少期に引き戻された。
飛び込みをショウビンといっていたのを思い出したのである。
カワセミが小魚を捕る姿になぞらえたのだろう。
上級生のショウビンをあこがれの目で眺め、
やがて自分もできるようになったころから、川は汚れ、水量も減って、
ショウビンは消えた。
いま通っているプールにショウビンは似合わない。
ああ、もう一度あの川でショウビンがしてみたい。

31 佳作

最近、辞書で「カワセミ」を引いたら「異名ショウビン」とあった。たちまち私は、六十年前の幼少期に引き戻された。飛び込みをショウビンといっていたのを思い出したのである。カワセミが小魚を捕る姿になぞらえたのだろう。上級生のショウビンをあこがれの目で眺め、やがて自分もできるようになったころから、川は汚れ、水量も減って、ショウビンは消えた。

いま通っているプールにショウビンは似合わない。

ああ、もう一度あの川でショウビンがしてみたい。


ショウビンという言葉を通して、時空を超えた風景が見えてきます。川に吸い込まれる少年たちが上げる水しぶき。青空に響き渡る笑い声。そしてそれらが既に失われている事実——。郷愁を大きな感慨につなげるすっきりとした作品です。特に齋藤孝さんが推薦しておられました。

ドァン　タイン　トゥイ さん（27歳・東京都）

私は朝日新聞奨学生として日本に留学している。

今年は三年目だ。

日本では新聞を読む人が多い、新聞を配る人が少ない。

私といっしょに働いているおじいさんはもう八十三歳になった。

雨の時、雪の時、暑い時、寒い時もおじいさんはいつも笑顔で「トゥイちゃん、頑張って」と応援してくれた。

深く感動した。

おじいさんのおかげで、新聞配達は楽しい仕事になっている。

本当にありがとうございます。

おじいさんに健康がすぐれて元気でありますように。

私は朝日新聞奨学生として日本に留学している。今年は三年目だ。日本では新聞を読む人が多い、新聞を配る人が少ない。私といっしょに働いているおじいさんはもう八十三歳になった。雨の時、雪の時、暑い時、寒い時もおじいさんはいつも笑顔で「トゥイちゃん、頑張って」と応援してくれた。深く感動した。おじいさんのおかげで、新聞配達は楽しい仕事になっている。

本当にありがとうございます。

おじいさんに健康がすぐれて元気でありますように。


ベトナムから来日したトゥイさんは、長い黒髪をヘルメットで覆ってオートバイに乗り、てきぱきと新聞を配ります。終わればすぐに通学。温かな声音で柔らかい日本語を話す女性です。かつて新聞配達をしながら大学に通われた五木寛之さんも、トゥイさんの受賞を静かに喜ばれました。

浜崎《はまさき》 嘉己《よしみ》さん（73歳・兵庫県）

母は私が中一の一月一日に死んだ。土葬だった。
兄と、体中の水分が全てぬける程泣いた。
一年後、抵抗したけれど、新母がきた。
やさしい義母ゆえ、思い出は封印。
八方美人で、反抗期もなく成長。
義母とは仲良く暮らし　嫁ぎ、94歳の義母を兄宅で見送った。
感謝かんしゃの日々だったが、やっと母を偲んでもいいのだ…とホッとした。
夢をよくみる。実母の夢。
いつも背中を向けて編み物をしている。
「母さん、こっちを向いて！　いっぱいしゃべりましょう。母さん。」

母は私が中一の一月一日に死んだ。土葬だった。兄と、一体中の水分が全てぬける程泣いた。一年後、抵抗したけれど、新母がきた。やさしい義母ゆえ、思い出は封印。八方美人で、反抗期もなく成長。義母とは仲良く暮らし嫁ぎ、94歳の義母を兄宅で見送った。感謝かんしゃの日々だったが、やっと母を偲んでもいいのだ－とホッとした。夢をよくみる。実母の夢。いつも背中を向けて編み物をしている。「母さん、こっちを向いて！いっぱいしゃべりましょう。母さん」

「喜怒哀楽だけでは語れない、心のひだを描いていてとてもよかった」と村山由佳さん。末尾の2行まで読み進むと、熱いものが胸にこみ上げてきます。～でありますように、という直接的な願い事はないですが、文章全体に願いが満ちています。感謝の念と近似値の願いかもしれません。

松本 陽子さん（80歳・埼玉県）

八十歳になった日、断捨離をしたら新婚時代のラブレターが出て来た
「君は僕の天使です」なんてどんな顔をして書いたのだろう。
でも嬉しい
私の乳癌の手術の時、見舞に来てもすぐ帰る
なんて薄情だと思っていたのに小学生だった娘が
「パパ毎日泣いているよ」には驚ろいた。
包帯をぐるぐるに巻いた私の姿を見るのが辛かったのだろう。
いつも家族の事を第一に考えてくれた人も、85才。
これからは年老いた天使が貴方を支えます

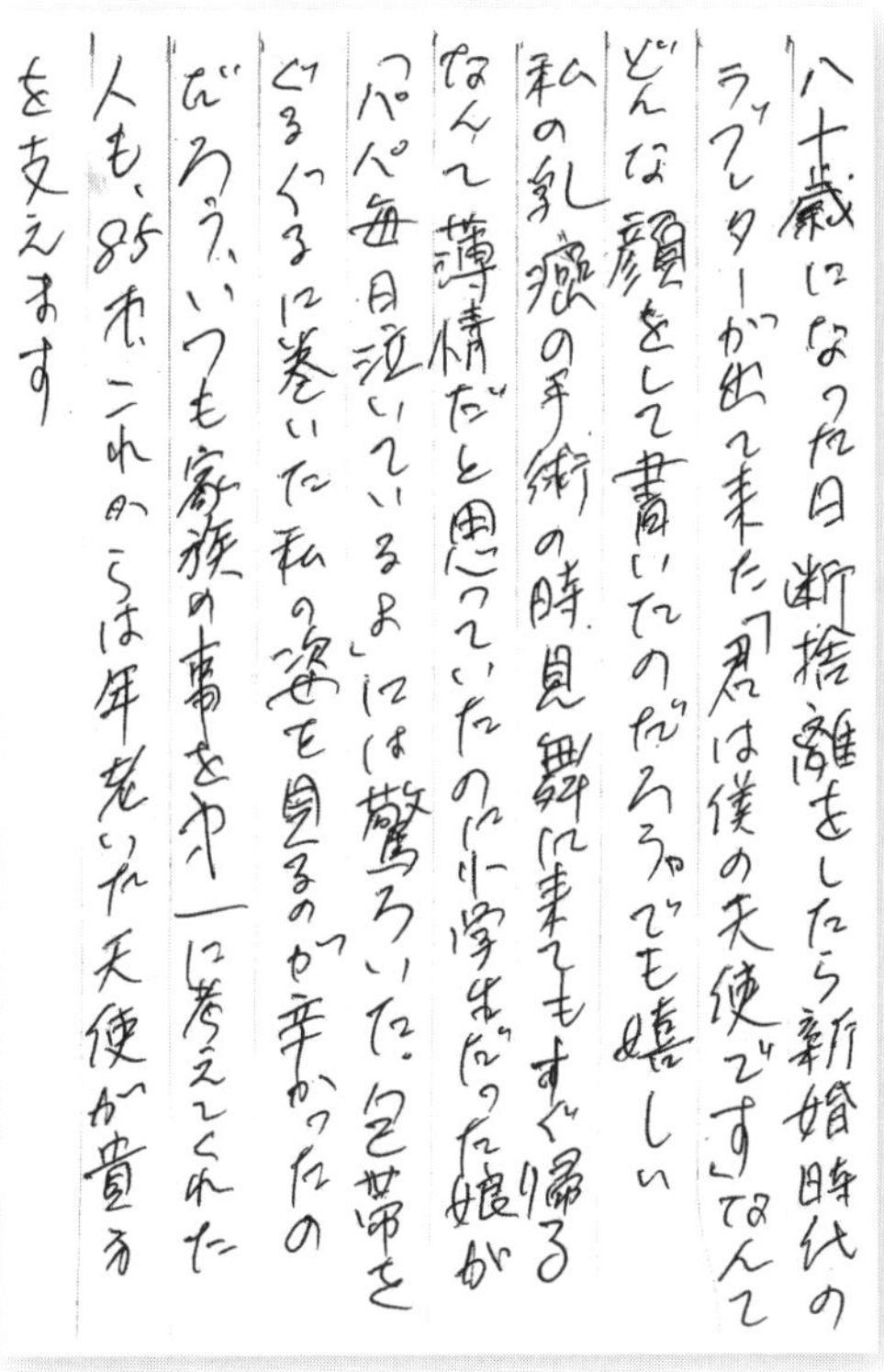
八十歳になった日断捨離をしたら新婚時代の
ラブレターが出て来た「君は僕の天使です」なんて
どんな顔をして書いたのだろうでも嬉しい
私の乳癌の手術の時見舞に来てもすぐ帰る
なんて薄情だと思っていたのに小学生だった娘が
「パパ毎日泣いているよ」には驚ろいた包帯を
ぐるぐるに巻いた私の姿を見るのが辛かったの
だろういつも家族の事を第一に考えてくれた
人も、85才これからは年老いた天使が貴方
を支えます

昨年は受賞者が参加される東京での式典の開催がままならず、代わりにご本人の写真や動画を編集して受賞記念のＤＶＤを作成しました。そのためにお預かりした松本さんの近影はまさに天使の微笑！　新婚時代から変わらぬお二人の愛情が一枚のはがきに濃縮されたのだと実感しました。

森山 恵子 さん（72歳・新潟県）

爺ちゃん、婆ちゃんは百二歳になりました。
爺ちゃんに会いたいと言うので、亡くなったんだよと遺影を見せたら、
やだ。こんな年寄と一蹴。
私達三姉妹が揃った時、
婆ちゃん私達を生んでくれてありがとうって言ったの。
そしたら、こんな年寄生んだ覚えがないと。
でも、たった一個のどら焼きも半分にして、あんたも食べなと。
こんなうんめいもん生まれて初めて食べたと。
一日一日が宝物。
この笑顔を、爺ちゃん、見守っていてください。

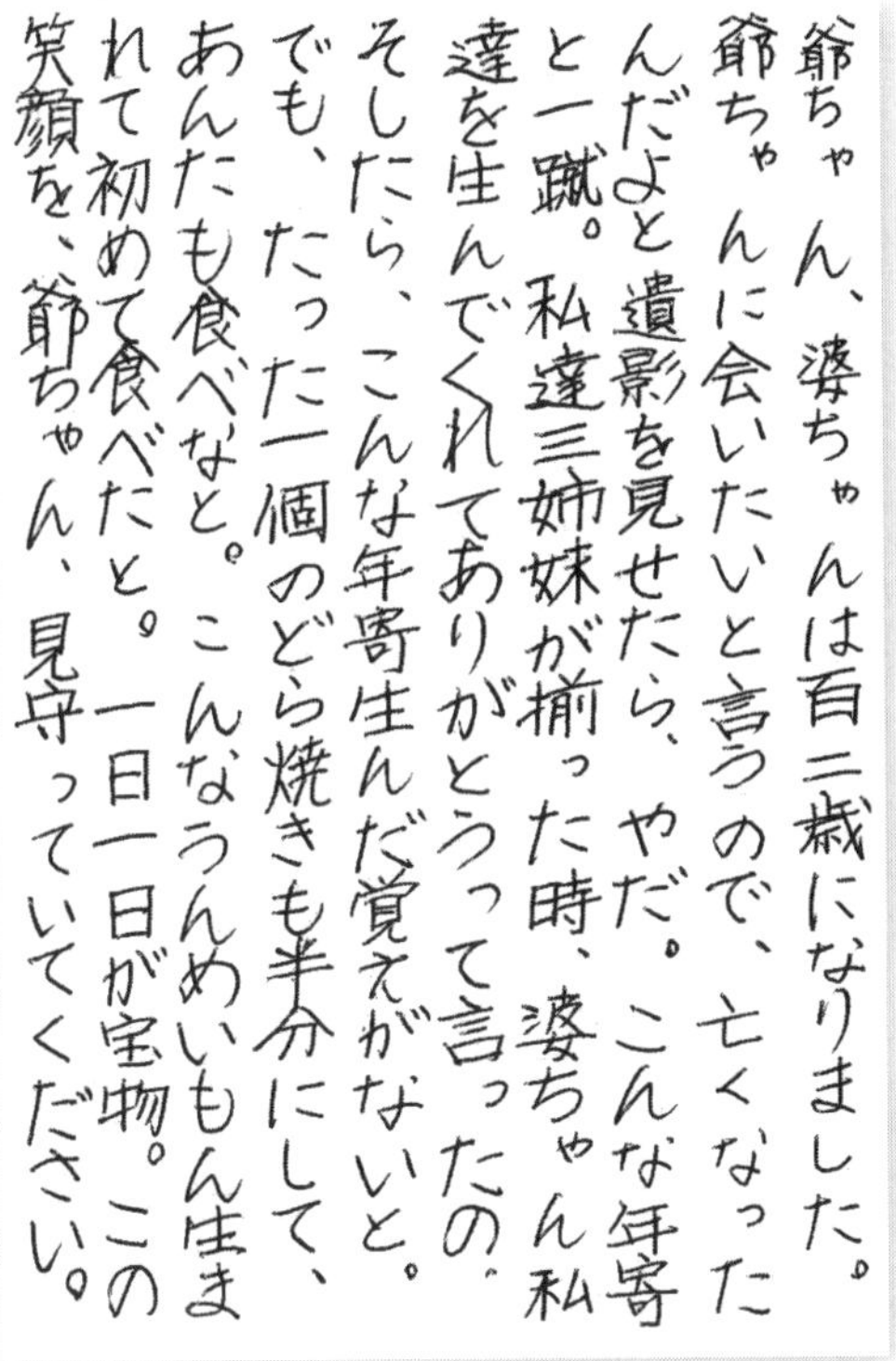
爺ちゃん、婆ちゃんは百二歳になりました。爺ちゃんに会いたいと言うので、亡くなったんだよと遺影を見せたら、やだ。こんな年寄と一蹴。私達三姉妹が揃った時、婆ちゃん私達を生んでくれてありがとうって言ったの。そしたら、こんな年寄生んだ覚えがないと。でも、たった一個のどら焼きも半分にして、あんたも食べなと。こんなうんめいもん生まれて初めて食べたと。一日一日が宝物。この笑顔を、爺ちゃん、見守っていてください。

今年１月7日付の朝日新聞「天声人語」で取り上げられました。しっとりとした情感をたたえながら、くすりと笑わせる温かさ。表彰式の案内など、コンクール実行委員会事務局から連絡するたびに、いつも逆にこちらを穏やかに気遣ってくださる。そのお人柄がにじんだ作品です。

安田 直子さん（49歳・長野県）

今年のお盆は帰れねぇよ　コロナ持って行きたぐねぇもん。
大丈夫だって言ってだけど　本当は寂しいべぇ
父ちゃんは半身麻痺の一人暮らしだがら　いっつも心配してんだぁ
「オムツの入ったゴミ箱を山に引ぎずって持っていがれだぁ」
父ちゃん、それ熊だべ
おっかねぇ　コロナ以外にも命狙われでる
父ちゃん頼む
私が岩手に帰るまで　熊にもコロナにも　食われねぇでいでけろ
元気でいでけろ　また会うべぇし
それが一番の願いごどだ

今年のお盆は帰れねぇよ
コロナ持って行きたぐねぇもん。
大丈夫だって言ってだけど
本当は寂しいべぇ
父ちゃんは半身麻痺の
一人暮らしだがら
いっつも心配してんだぁ
「オムツの入ったゴミ箱を
山に引ぎずって持っていがれだぁ」
父ちゃん、それ熊だべ
おっかねぇ
コロナ以外にも命狙われでる
父ちゃん頼む
私が岩手に帰るまで
熊にもコロナにも
食われねぇでいでけろ
元気でいでけろ
また会うべぇし
それが一番の願いごどだ

前掲の森山さんと同じく、「天声人語」で紹介されました。方言が心地良く、音読したくなります。昨夏は多くの人が「今年のお盆は帰れねぇよ」とのお国言葉を口にしたことでしょう。「熊にもコロナにも」というユーモアとともに、私たちの忘れ得ぬ夏の証として共有したい作品です。

コラム❷ 郵便創業から150年、はがきの始まりから148年

はがきの名文コンクールは郵便はがき、私製はがきの別を問いませんが、はがきに書かれた願い事であることが前提です。中には間違えて便箋や原稿用紙に書いて封筒で送られる方もいるのですが、残念ながら失格になってしまいます（お間違えの無いように！）。

今年は郵便事業が始まって百五十年の節目に当たります。明治四（一八七一）年旧暦三月一日、日本の郵便はまず東京―大阪間でスタートしました。初日は東京から百三十四通、大阪・京都から四十通が差し出されたそうです。その差出人、受取人はどんな人物だったのでしょう。はがきの発行・販売が始まったのはそれから二年後のこと。ロンドンに出張した折に「ポストカード」の存在を知った前島密《ひそか》が、これこそ日本の人々が郵便になじむきっかけになると、導入を推進したのだとか。

前島密。そう、一円切手に肖像が描かれているあの男性です。江戸時代後期に新潟の農家に生まれた前島は苦学の末、満三十一歳で幕臣になりました。幕臣として徳川幕府の終焉を迎えながら、維新後もその能力を買われて明治政府に出仕しています。今年のＮＨＫ大河ドラマ「青天を衝け」の主人公、渋沢栄一とも同僚として働きました。生家跡（新潟県上越市）に建てられた前島密記念館の隣には、渋沢栄一の書で「男爵前島密君誕生之処」と刻まれた記念碑が立っています。碑の裏に前島の功績が簡潔に記されていますのでご紹介しましょう。

「(略) この人が維新前後の国務に功績の多かったほかに明治の文運に寄与して永く後世に伝うべきものは郵便その他の通信事業である。これまでは緩慢な飛脚便によった手紙が迅速に正確に頻繁に集配せられるようになり、小包郵便・郵便為替・郵便貯金の制度の出来たのもみなこの人の賜である。海運業や新聞界の先駆者であり、電信・電話・鉄道の開通の殊勲者でもあり、ことに日露役(注・日露戦争/一九〇四―〇五年)より先に敷設された朝鮮の鉄道の計画者であった。(略)」

続く文章は、早稲田大学や盲唖学校の設立、保険などの社会事業への貢献と多彩な活躍をしたことを伝えています。多岐にわたる創業を成しとげた人でした。けれども闇雲に手をつけたのではありません。十八歳の頃に黒船来航に直面し、「この国の未来のために自分を捧げる」との志を立てて、それを生涯にわたる礎としたのだそうです。前島家の養女・小山まつ子さんが養父の教えを書き残しています。

「人はよく、あれも運これも運だというが、運は誰の前をも公平に通る、これを捉え得ると否とで、大差が出来る。頭を働かして細心注意、よい運を捉えよ。それから掾《えん》の下の力持ちになることを厭《いと》うな。人の為によかれと願う心を常に持てよ。」

35歳頃の前島密。渡英のパスポート用に撮った写真だとか。
写真は郵政博物館提供

――縁の下の力持ち。今では「縁」がある家屋に住まう人も少なくなってきました。縁の下、すなわち人の目が届かない所でなされる努力、尽力。いつの世も誰かのこうした尊い行為に支えられてきたことは間違いありません。前島密は自らが縁の下にあることを良しとし、人に認められようと願うよりも人の為によかれと願うことを旨としていた人物でした。

さて、前述の碑文の裏の文面に「緩慢な飛脚便」とありますが、そうは言っても飛脚を生業にする人々が現にいたのです。彼らは郵便の創業によって失職したのでしょうか。前島密は飛脚業者の代表と対面し、郵便の意義とこれを国営で行なう理由を説いた上で、飛脚業は今後、貨物の通運を専業とするよう談判しました。やがて飛脚業者もそれに納得し、陸運会社となっていきます。そして駅から駅への郵便物の運搬を陸運会社が担うことになりました。郵便を推し進めつつ、飛脚業者の受け皿もしっかり用意したわけです。

こんな前島密という人が「はがき」を作り出したことが、はがきの名文コンクールの起点にあります。はがきに歴史あり、です。

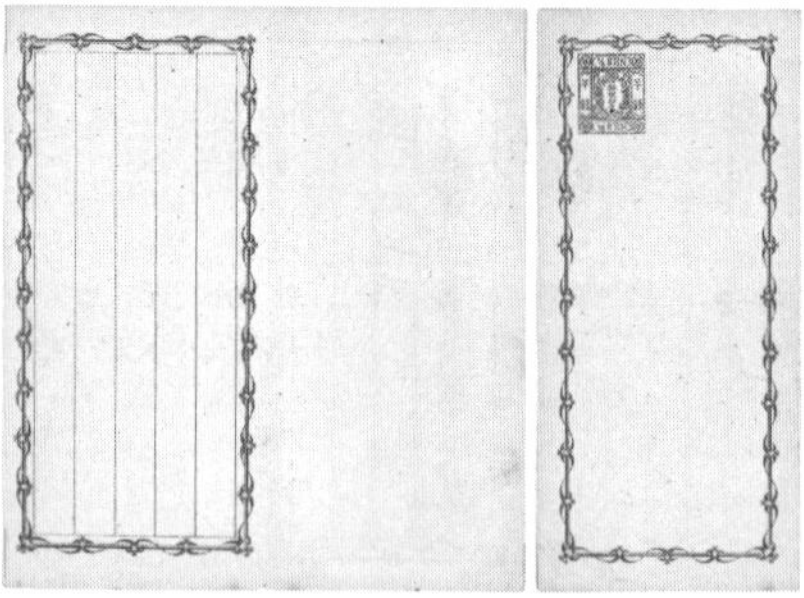

明治6（1873）年に発行された最初のはがき。適した厚さの用紙の製造が難しく、二つ折りにして使ったそうです。折った面に宛名を書き、開いた内側に便りを書きます。写真は郵政博物館提供

◉日本郵便大賞 10作

昨春、初めての緊急事態宣言が発出された頃から、
「エッセンシャルワーカー」という言葉を耳にするようになりました。
日常生活を送る上で欠かせない仕事を担っている人のことです。
医療、福祉、公共交通機関、小売りや宅配、通信——。
郵便を配達する人々もエッセンシャルワーカーです。
彼らの配達がなければコンクールはそもそも成立しません。
そんな配達員の方々が属する「郵便」を冠した受賞作10作をご紹介します。

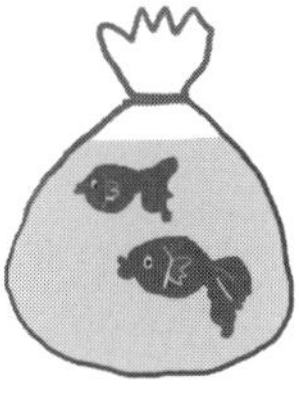

植木《うえき》 舞衣《まい》さん（7歳・埼玉県）

わたしは、おてつだいでためたおこづかいから
キャベツのたねをかいました。
はたけがだいすきなおじいちゃんにあげました。
キャベツが大きくなったら、たこやきをつくるやくそくでした。
でも、キャベツがぬすまれました。
おじいちゃんは「ごめんなあ」とげんきをなくしてしまいました。
かみさまおねがいです。
おじいちゃんにキャベツをかえしてあげてください。
ぬすんだどろぼうさんに、
キャベツにおわれるゆめをみせてください。

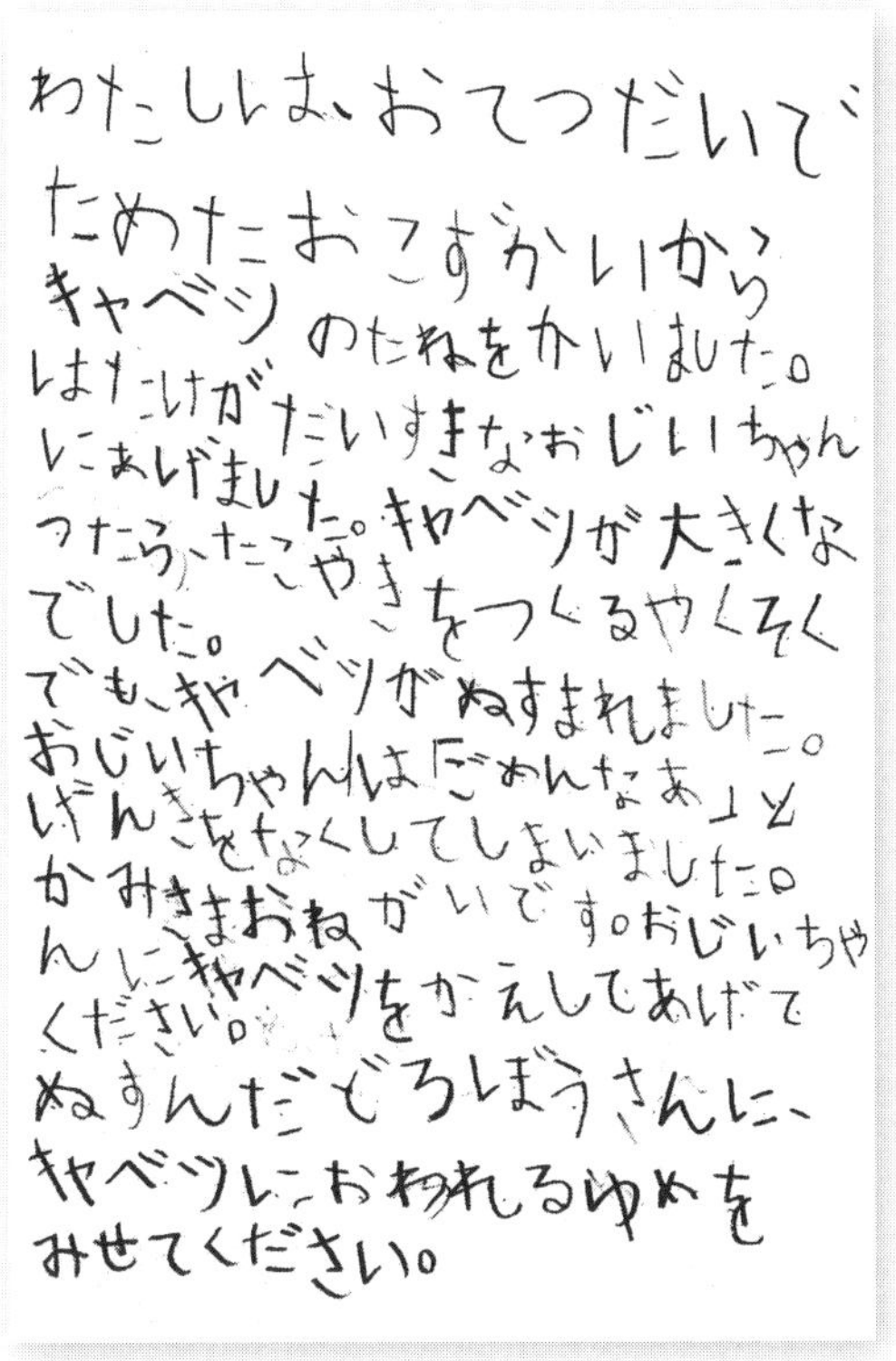
わたしはおてつだいで
ためたおこずかいから
キャベツのたねをかいました。
はたけがだいすきなおじいちゃん
にあげました。キャベツが大きくな
ったらたこやきをつくるやくそく
でした。
でも、キャベツがぬすまれました。
おじいちゃんは「ごめんなあ」と
げんきをなくしてしまいました。
かみさまおねがいです。おじいちゃ
んにキャベツをかえしてあげて
ください。
ぬすんだどろぼうさんに、
キャベツにおわれるゆめを
みせてください。

キャベツ窃盗の罰が「キャベツに追われる夢」。その優しさとユーモアが何とも魅力的です。この作品も「天声人語」で紹介され、文中の「まさに怒りプンプンだ」との記述にご本人は「本当だよ、キャベツにGPSをつけなきゃ」と言ったとか。今年はキャベツ入りのたこ焼きが作れますように。

加藤　直美 さん（50歳・埼玉県）

道でスマホを見ている時は、配達先を探しているはずです。
近所の方は、一言声を掛けてあげてください。
雨の日ははがき一枚も濡らすまいと神経を使っています。
汗臭いというだけで苦情の電話をかけないでください。
真夏日や年末は夫の顔がみるみるやつれていきます。
配達の苦労をほんの少しでいいので
解ってくれる人が増えるとうれしい。
ささくれた世の中ではなく
あたたかい人が日本にはもっといるはずだから。

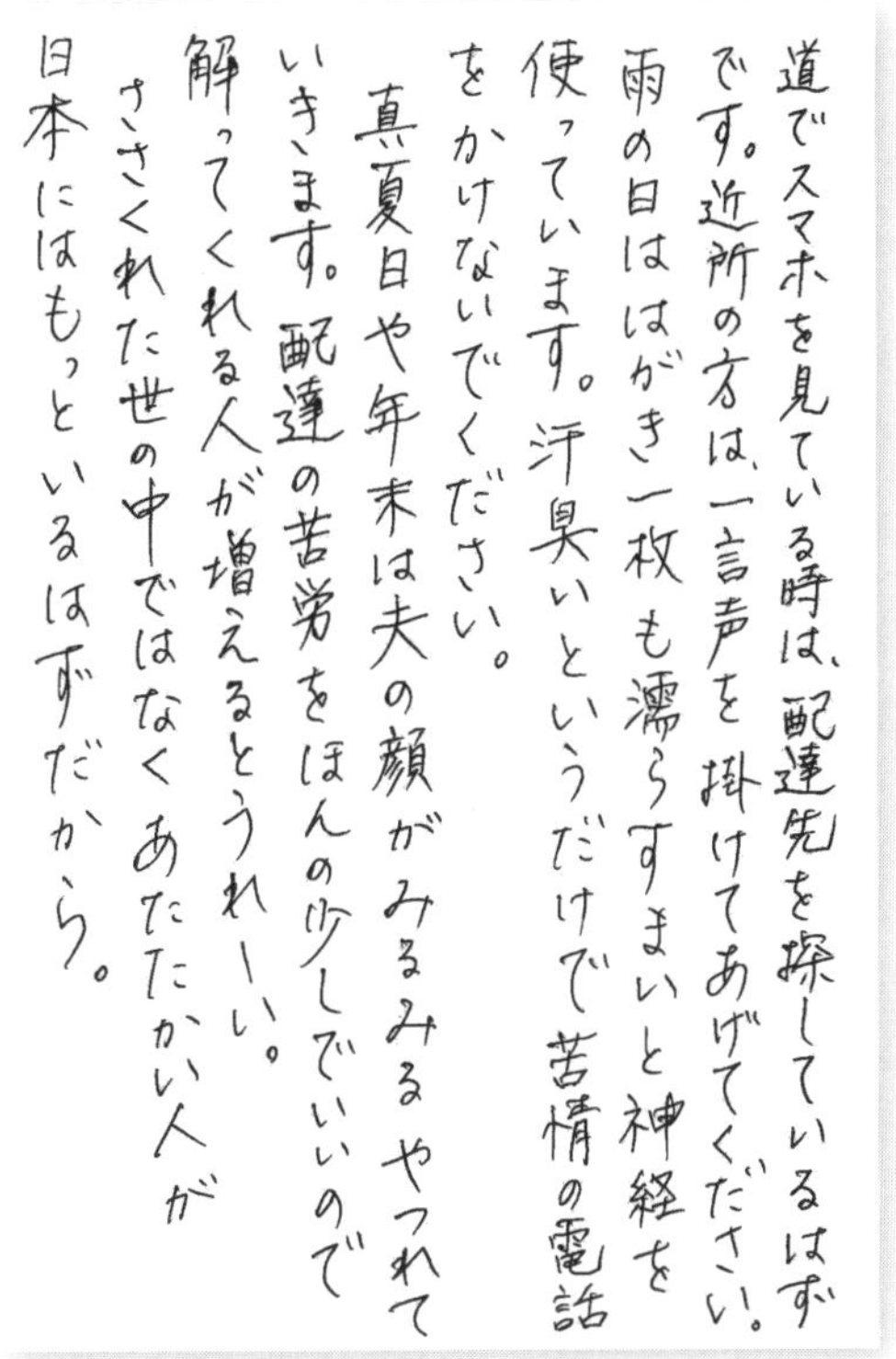
道でスマホを見ている時は、配達先を探しているはず
です。近所の方は、一言声を掛けてあげてください。
雨の日ははがき一枚も濡らすまいと神経を
使っています。汗臭いというだけで苦情の電話
をかけないでください。
真夏日や年末は夫の顔がみるみるやつれて
いきます。配達の苦労をほんの少しでいいので
解ってくれる人が増えるとうれしい。
ささくれた世の中ではなくあたたかい人が
日本にはもっといるはずだから。

45ページに「エッセンシャルワーカー」と書きましたが、まさにそうしたお仕事で社会生活を支えておられる方のご家族の思いにじんとさせられる作品です。当事者の存在を思い、はがきが配達されることの尊さをより強く感じます。郵便はまさしく人から人への思いのリレーですね。

感王寺《かんのうじ》 美智子《みちこ》さん（60歳・福岡県）

乳がんになって10年。
あの日、指を折って数えた10年は、短いと思った。
けれど、夫と共に歩んだこの10年は、たっぷりとした人生だった。
東日本大震災をきっかけに、
被災地支援に従事することを決めた夫と共に、
気仙沼、阿蘇、朝倉と移り住み、出会う人達から、
沢山の大切なことを教わった。
私は、こうして死ぬまで、人生を学んで生きていきたい。
その学びを、人から人へ繋いでいきたい。
その為には、何処へだって、ついて行く。

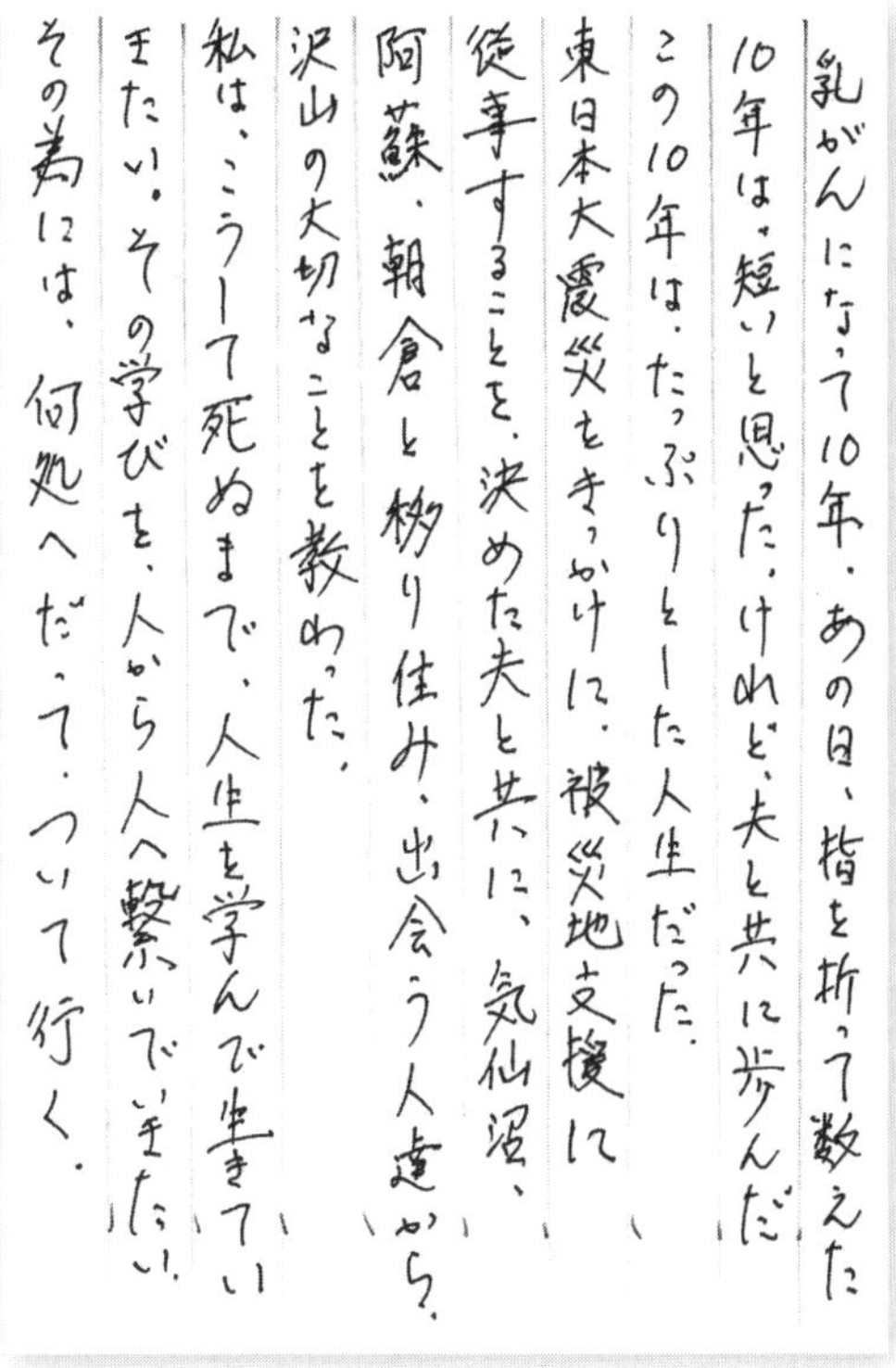
乳がんになって10年、あの日、指を折って数えた
10年は、短いと思った。けれど、夫と共に歩んだ
この10年は、たっぷりとした人生だった。
東日本大震災をきっかけに、被災地支援に
従事することを、決めた夫と共に、気仙沼、
阿蘇、朝倉と移り住み、出会う人達から、
沢山の大切なことを教わった。
私は、こうして死ぬまで、人生を学んで生きてい
きたい。その学びを、人から人へ繋いでいきたい。
その為には、何処へだって、ついて行く。

被災された方々の笑顔のために汗を流す感王寺さんは、賞状を贈るステージ上でふんわりと微笑を浮かべ（客席のご主人に向けられたと見受けました）、それはそれは優雅にお辞儀されました。人から人へ繋いでいきたい――私たちがはがきを通して願うことを身をもって実践なさっています。

杉山《すぎやま》 鋭夫《としお》さん（75歳・千葉県）

最近、鏡の中に亡き父の顔を見るようになり、
父の気持ちが少し分かったような気がする。
子供達は、妻の記念日は必ず祝ってくれるが、私は大体忘れられる。
孫達も、ばぁばには抱きついて行くが、私の膝は空いたまま。
「爺はこんなものさ」と平静を装ってはいるが、心中穏やかでは無い。
家族を愛する気持は誰にも負けないのに、この差は一体何だ。
でも親父、ゴメン。
この年になっても、やっぱり母ちゃんに会いたい。

最近、鏡の中に亡き父の顔を見るようになり、
父の気持ちが少し分かったような気がする。
子供達は、妻の記念日は必ず祝ってくれるが、
私は大体忘れられる。孫達も、ばあばには
抱きついて行くが、私の膝は空いたまま。
「爺はこんなものさ」と平静を装ってはいるが、
心中穏やかでは無い。家族を愛する気持は
誰にも負けないのに、この差は一体何だ。
でも親父、ゴメン。この年になっても、やっぱり
母ちゃんに会いたい。

子や孫の注目を一身に浴びる妻を横目で見やる夫――というシチュエーションは一つのパターンではありますが、杉山さんはそれを「子としての自分」に反転させたところがユニーク。文章の運び方も軽快で達者でありながら、技巧に走らず素朴にまとめられたのはお人柄でしょうか。

髙山《たかやま》 大輝《たいき》さん（21歳・宮城県）

二十歳を超えた僕には未だに吃音がある
「ごーはん」と伸びてしまったり「ごごごはん」と連続してでてきたり
そもそも声がでてこなかったりするのだ
ことば　ことば　ことば　もっとことば
心を埋め尽くし涙となる
人前でどもるのは恥ずかしいよな　でもね、
ことばにすべきなのだ　話すか話さないかは君次第
だから　僕はどもりながらもことばにできる力がある
こんな僕を好きだといってくれる彼女がいる
ことばにできる力に君も気づけたらいいな

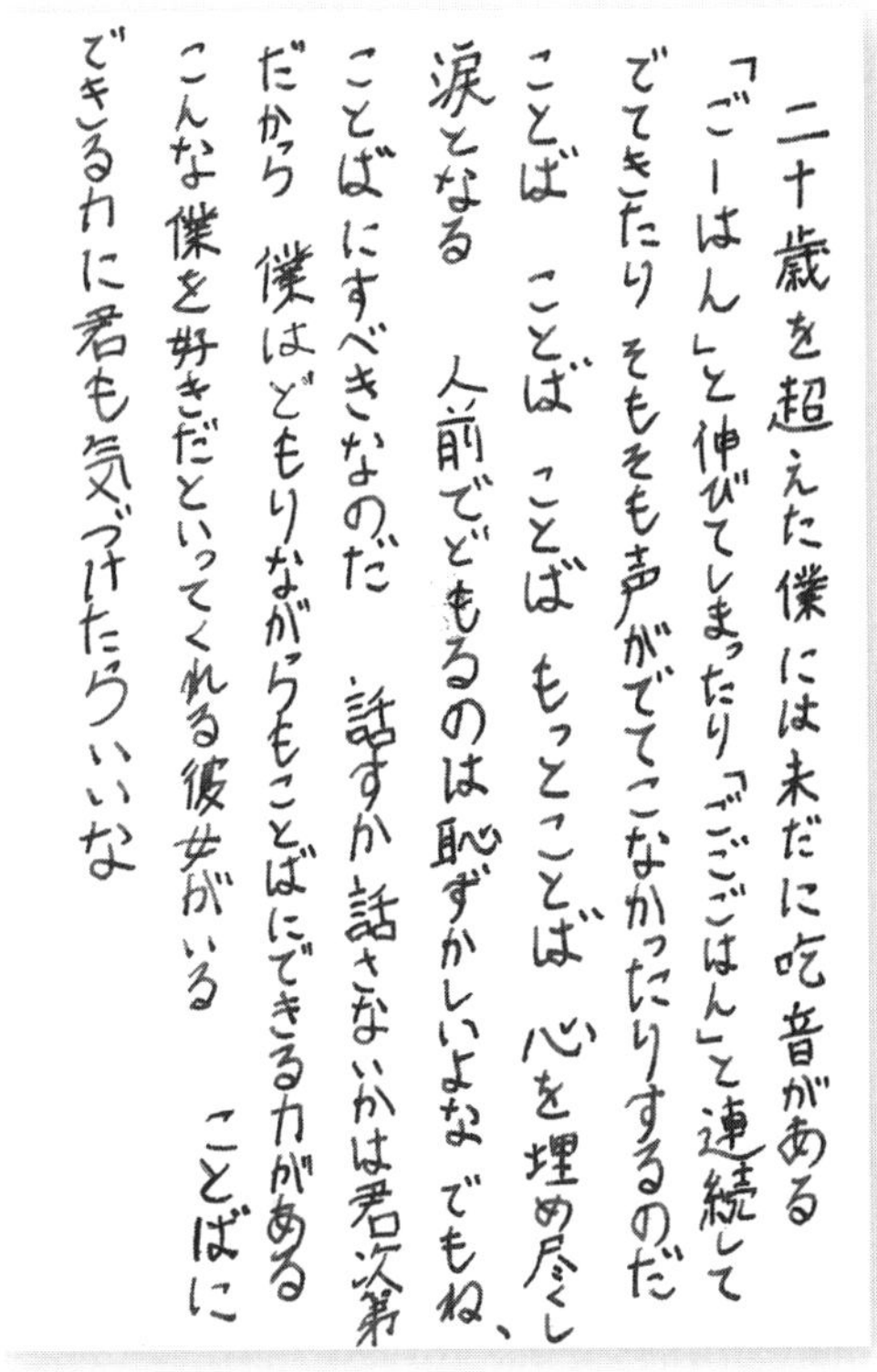
二十歳を超えた僕には未だに吃音がある
「ごーはん」と伸びてしまったり「ごごごはん」と連続して
でてきたり　そもそも声がでてこなかったりするのだ
ことば　ことば　ことば　もっとことば　心を埋め尽くし
涙となる　人前でどもるのは恥ずかしいよな　でもね、
ことばにすべきなのだ　話すか話さないかは君次第
だから　僕はどもりながらもことばにできる力がある
こんな僕を好きだといってくれる彼女がいる　ことばに
できる力に君も気づけたらいいな

五木寛之さんと姜尚中《カンサンジュン》さんの対談集『漂流者の生きかた』の中で姜さんは、かつて吃音があったことを打ち明け、声を出す行為はそもそも、命を削るほどのエネルギーを要するのだと話されました。高山さんの真摯な言葉は他者への優しさをにじませて、強く温かく読み手に響きます。

花摘《はなつみ》 麻理《まり》さん（49歳・神奈川県）

かぼすちゃん
あなたと出会ったのは3年前。
今ではJKの娘が　中学校に行きたくないと言い出した頃。
彼女はネットで「死ぬ方法」を検索していました。
どうしたら救えるだろうと悩みました。
守らなければいけないない存在がいればきっと死なない。
そう思いつきました。
ペットショップに誘いました。
籠の端でうずくまる姿に自分を重ねたのかな
娘はあなたを飼いたいと言いました。
あなたは小さなインコだけど、大きな力の持ち主です。
ありがとう。長生きしてね。
母

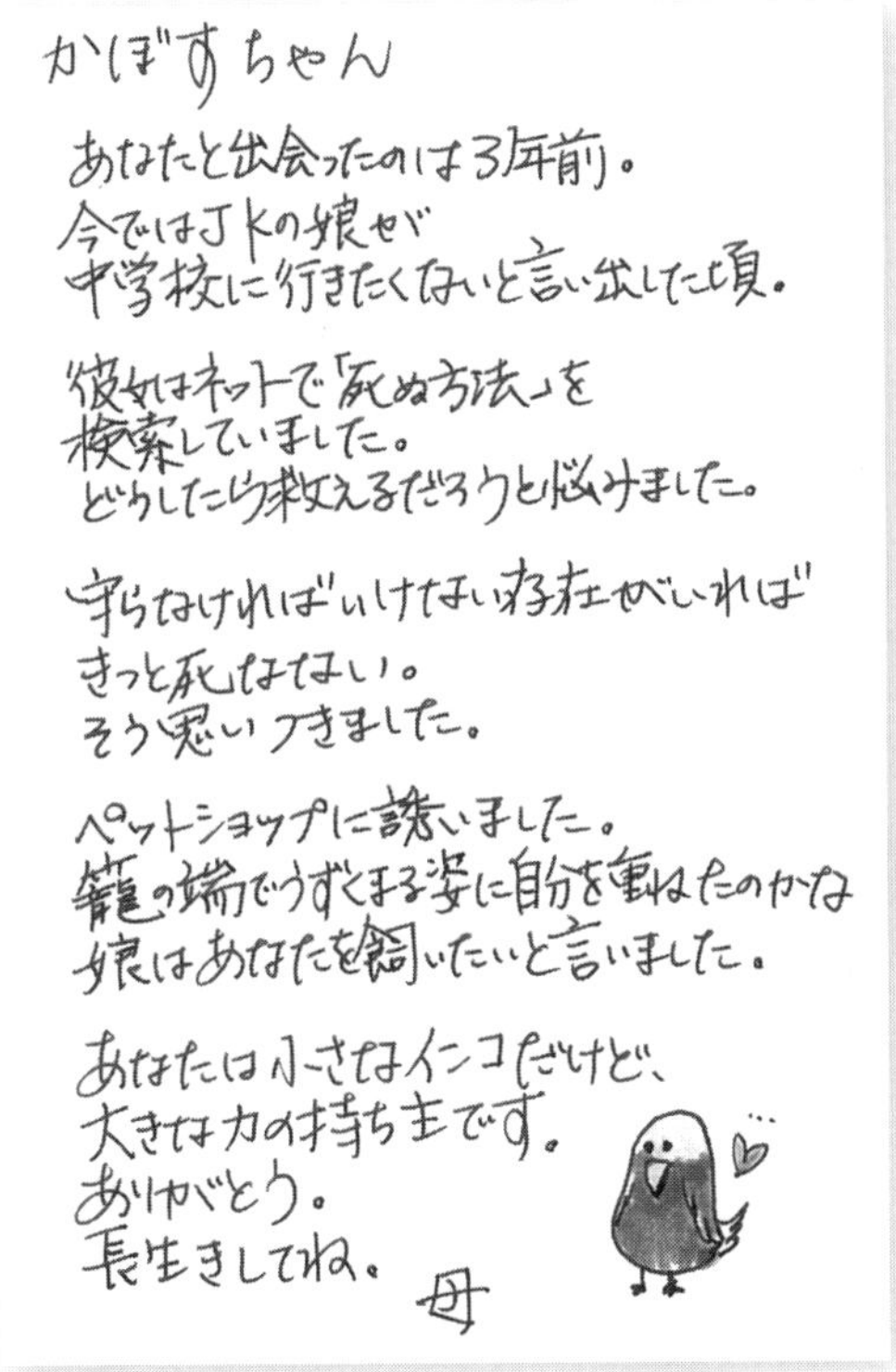
かぼすちゃん
あなたと出会ったのは3年前。
今ではJKの娘が
中学校に行きたくないと言い出した頃。
彼女はネットで「死ぬ方法」を
検索していました。
どうしたら救えるだろうと悩みました。
守らなければいけない存在がいれば
きっと死なない。
そう思いつきました。
ペットショップに誘いました。
籠の端でうずくまる姿に自分を重ねたのかな
娘はあなたを飼いたいと言いました。
あなたは小さなインコだけど、
大きな力の持ち主です。
ありがとう。
長生きしてね。
母

かぼすちゃんは、その名の通りかぼすの皮の緑と果実の黄の羽根を持つ愛くるしいコザクラインコ。花摘さんが「かぼすちゃん」と呼びかけるとき、その声は娘さんのもとにも届いているのだと思います。かぼすちゃんの漆黒のつぶらな瞳が、母娘を見守りつづけることでしょう。

原口《はらぐち》 環《たまき》さん（12歳・京都府）

私は、本が大好きです。
あいている時間は、本
ひまなときは本を読みます。
ずーと読みたいけど、
読みおわったら図書館に行かなければいけません。
めんどうだ。
だから、図書館に住みついて、本を読む。
読んで、ねて、読む！
ぜんぶ読んだら、ほかの図書館へ住みつく
そんな、夢みたいな願いが、かないますように。

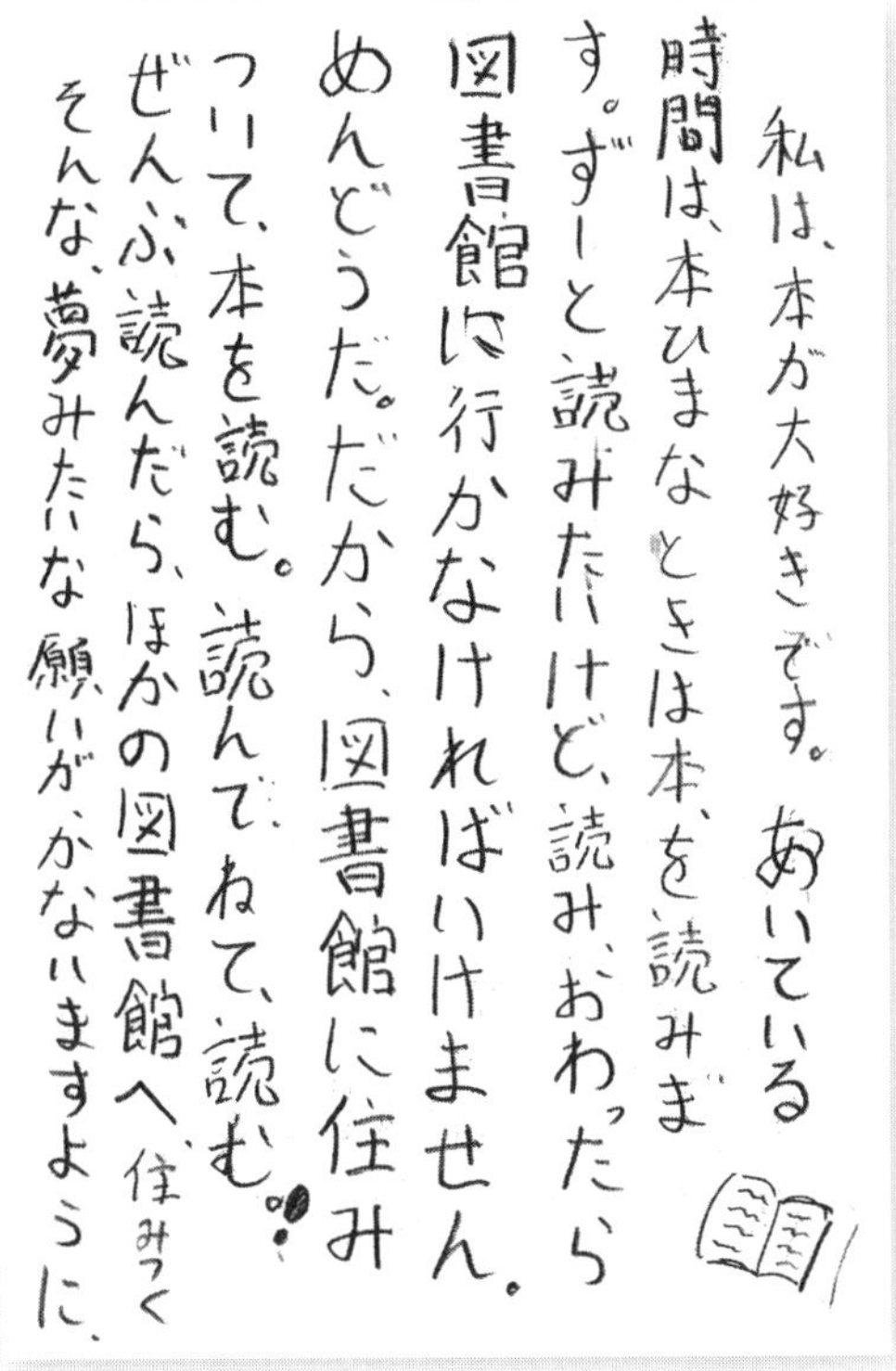
私は、本が大好きです。あいている
時間は、本ひまなときは本、を読みま
す。ずーと読みたいけど、読み、おわったら
図書館に行かなければいけません。
めんどうだ。だから、図書館に住み
ついて、本を読む。読んでねて、読む！
ぜんぶ読んだら、ほかの図書館へ住みつく
そんな、夢みたいな願いが、かないますように、

ハーフアップのヘアスタイルにロングスカート。表彰式に現れた原口さんは文学少女と呼びたくなるような清楚な印象でした。でも、本を読みつくして図書館を渡り歩く夢はなんだかワイルド。これまで読んだ多くの本がたくましく培った内面をますます豊かに育ててください。

藤原《ふじわら》 昌美《まさみ》さん（56歳・滋賀県）

進駐軍が投げたチョコレートで飢えをしのぐ。
土方で稼いだ金で部品を買いラジオを組んで売る。
やっと電気屋になった父。
「たまには手伝わんか？」
大学の頃、父と二人で小学校の教室の蛍光灯を取り付けた。
バトンのように管球を手渡したね。
教職を目指す私に学校の中を見せてやろうと粋な計らい。
今、私その校舎で教頭や。
あの蛍光灯。お父ちゃんのお弟子さんがＬＥＤにかえたよ。
今に校長になって「学校が楽しい」と子どもが言える学校を作る。
見ててや。

進駐軍が投げたチョコレートで飢えをしのぐ。
土方で稼いだ金で部品を買いラジオを組んで売る。
やっと電気屋になった父。
「たまには手伝わんか？」大学の頃、父と二人で
小学校の教室の蛍光灯を取り付けた。バトンの
ように管球を手渡したね。教職を目指す私に
学校の中を見せてやろうと粋な計らい。
今、私その校舎で教頭や。あの蛍光灯、お父ちゃんの
お弟子さんがLEDにかえたよ。今に校長になって
「学校が楽しい」と子どもが言える学校を作る。見ててや。

選考スタッフの中でひときわ人気の高かった作品です。短い文章の中にお父さまの人生とその娘である自身の人生の流れが交差して描かれ、教室という場が過去から未来へ向かうタイムトンネルのような役割を担っています。「見ててや」の一言が全体をきゅっと締めました。

峯田《みねた》 泰彦《やすひこ》さん（67歳・東京都）

新婚の初めは一緒の布団。
我、鼾《いびき》を搔《か》きたれば、妻、我が鼻を優しく摘まむ。
後に別々の布団に伏し
我、鼾を搔いたとて、妻、我が肩を叩かむ。
更に別々の寝台に伏し
我、豪快に鼾を搔くや、妻、激高して寝台蹴りぬ。
今や別々の寝所にて伏せば
我、如何程《いかほど》に鼾搔きても、妻、我に関心無き故
我の突然死にも気付くまじ。
我死せば最早鼾は搔かぬ故、せめて墓は一緒と請い願う。

新婚の初めは一緒の布団。
我、鼾を掻きたれば、
妻、我が鼻を優しく摘まむ。
後に別々の布団に伏し
我、鼾を掻いたとて、
妻、我が肩を叩かむ。
更に別々の寝台に伏し
我、豪快に鼾を掻くや、
妻、激高して寝台蹴りぬ。
今や別々の寝所にて伏せば
我、如何程に鼾掻きても、
妻、我に関心無き故
我の突然死にも気付くまじ。
我死せば最早鼾は掻かぬ故、
せめて墓は一緒と請い願う。

文語調で技巧的な作品なのですが、その技巧こそが飄々としてユーモラスな味わいを醸し出します。横書きの文面で縦に文字を追ってみると「我、」「妻、」「我、」「妻、」と並んでいることがわかります。横には恐妻家の哀れが演出され、縦に読むと夫婦の情愛が浮かび上がる寸法です。

吉岡《よしおか》 昭子《あきこ》さん（93歳・奈良県）

余命一ヶ月を告げられた夫と私は
病室の窓から秋の夕焼けを眺めていた。
夫が静かに「永いこと有難う」と言った。
私は笑いながら手を横に振ってその言葉を受け付けなかった。
今度は「いろいろ有難う」と言う。
私は彼の言葉から逃げてはいけないのだ。思い切って
「貴方が死を決めてしまったら厭なので言わなかったけど
貴方と結婚したお蔭で私の人生は素晴しかった」とだけ言った。
別れの言葉になりそうな気がして有難うは言えなかった。

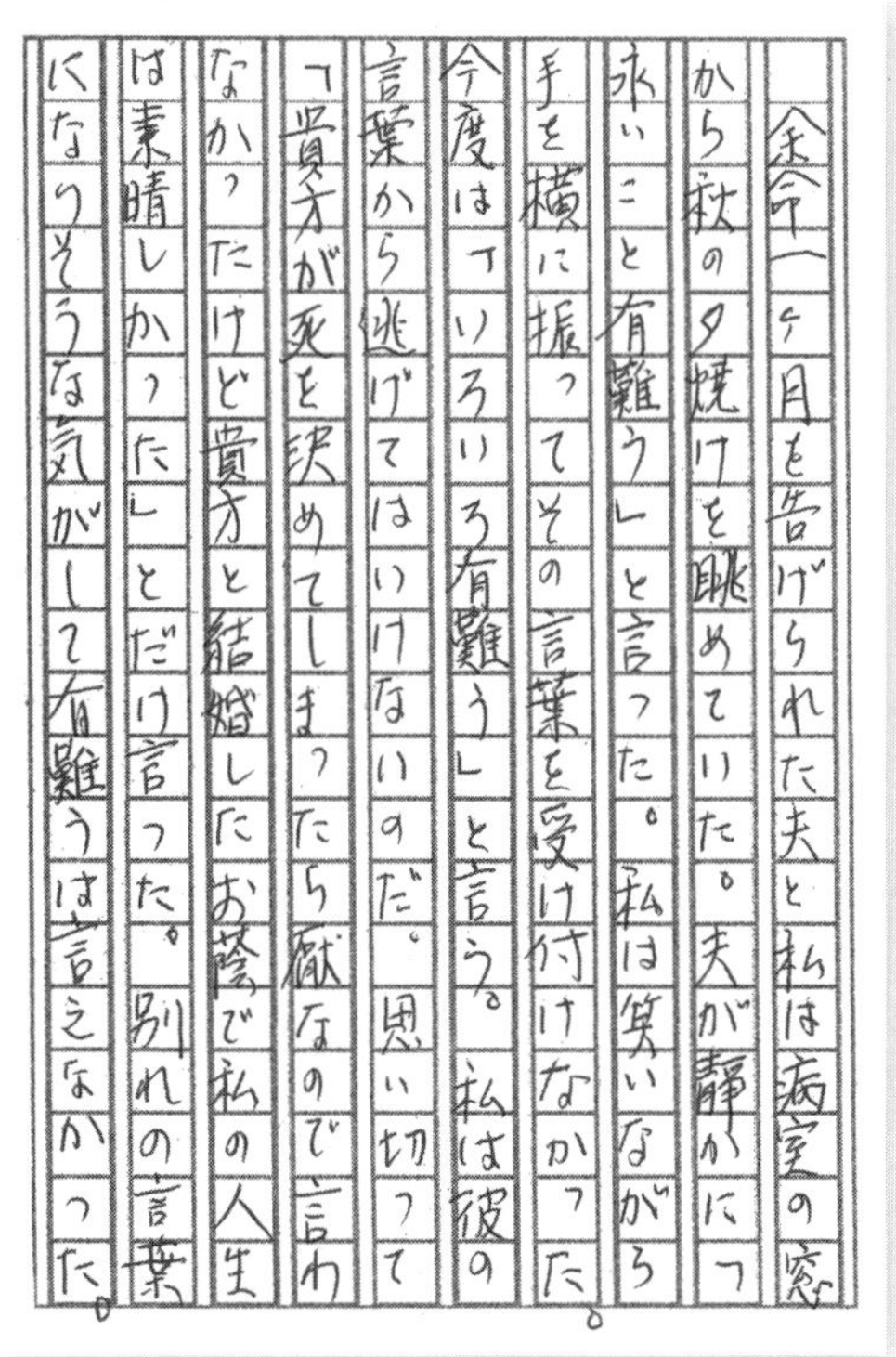
余命一ケ月を告げられた夫と私は病室の窓から秋の夕焼けを眺めていた。夫が静かに「永いこと有難う」と言った。私は笑いながら手を横に振ってその言葉を受け付けなかった。今度は「いろいろ有難う」と言う。私は彼の言葉から逃げてはいけないのだ。思い切って「貴方が死を決めてしまったら嫌なので言わなかったけど貴方と結婚したお陰で私の人生は素晴しかった」とだけ言った。別れの言葉になりそうな気がして有難うは言えなかった。

気品のある所作と桜色の頬を目の当たりにした後で、年齢を伺うと驚きます。対面では楽しげに言葉を繰りだす方でしたが、作品の筆致には終始一貫、抑制が効いています。末尾の一文には、別れの言葉になってほしくない、ありがとうと言いたい、という複数の願いが織り重なっています。

郵便名柄《ながら》館《かん》から愛をこめて。

表彰式当日は、真っ青な空が広がる小春日和でコートがいらないほどでしたが、全国的に新型コロナの感染が拡大しはじめてもいて、開催には十分な注意が必要でした。
例年は賞状を受け取られた受賞者と同伴者が、はがきの宛先である郵便名柄館に集まって、館内にあるテガミカフェ特製のパーティメニューを召しあがりつつ、郵便庭園で記念撮影をしたり、受賞者同士で歓談したりしたのです。けれども感染防止のためには、限られたスペースに大勢が集っての飲食を避けねばならず、グループごとの入館と記念撮影に留めざるを得ませんでした。
郵便名柄館は、桜色の壁を持つ洋風の木造建築です。今は、郵便資料館と美味しいと評判のテガミカフェ、珍しい切手パネルが立ち並ぶ郵便庭園から成り立ちます。もともとこの木造建築は、名柄郵便局の局舎でした。

四二ページにある通り、今から百五十年前に始まった郵便事業はやがて、郵便・通信・電話という三つの領域に広がりました。奈良県御所《ごせ》市名柄では現在の郵便名柄館がある場所に、明治三十五（一九〇二）年に郵便受取所が開設され、三年後に名を改めて「名柄郵便局」と呼ばれました。大正二（一九一三）年には郵便名柄館の前身である洋風の郵便局舎が建てられ、郵便と貯金、保険、電信、電話を取り扱う地域のキーステーションとなったのです。

時が過ぎて昭和五十（一九七五）年。人々に親しまれた木造建築もいよいよ老朽化したために郵便局は移転し、洒落た風情の建造物はただ朽ちていくままとなりました。

ところが建造から百年の節目に、御所市がこの建物の再生プロジェクトを始動させました。地域の方々との話し合いが重ねられ、平成

郵便名柄館スタッフが心を込めて掲げた横断幕。

二十七（二〇一五）年、外壁も当時の桜色に塗り替えられて郵便名柄館として生まれ変わったのです。はがきの名文コンクールはこの年にスタートしました。

郵便名柄館の運営スタッフは以来ずっと、応募はがきが届くことを喜び、受賞者をおもてなしする機会を楽しみにしてきました。ああ、それなのに、それなのに。

せめて受賞者の皆さんに祝意を伝えたいという気持ちの表れが外壁に掲げられた横断幕です。「受賞者の皆さま、おめでとうございます！」

この一言にこめられた万感の思いを、訪れた受賞者はしっかりキャッチされたと思います。テガミカフェが用意した特製のお土産とともに。

●郵便名柄館のＨＰができました！
https://tegamicafe.jp

受賞者へのお土産はオリジナルポストカード、オリジナル切手、テガミカフェ特製焼き菓子、地元産の柿とみかん等々。

玄関脇のポストは現役です。館内ではがきを書いた五木寛之賞受賞者の山下翔平さんは、早速投函。

◉郵便名柄館《ながらかん》賞　10作

郵便名柄館賞は、郵便名柄館を運営するスタッフと近隣の関係者が丁寧に読んで選びます。

はがきの宛先でそれを受け取った面々が読む、ということです。

書き手の思いを我がものとして一枚一枚に向き合います。

共感すればするほど選ぶのは難しく、話し合いを重ねてついに決まります。

だから、表彰式の日に受賞者が郵便名柄館を訪れると、みな満面の笑みで迎えるのです。文通相手にやっと会えたように。

池上《いけがみ》 大斗《ひろと》さん（15歳・埼玉県）

母はよく僕に『勉強大変でしょ?』と微笑んでくる。
でも僕は知っている。
一番大変なのは母だということを。
汗水たらして働いたお金は僕の教材や学費に飛んでいく。
そして僕は今、反抗期真っ最中だ。
このはがきの内容も見せられたもんじゃない。
ただ一つ言えるのはこの15年間、
僕は母を嫌いになったことがないということだ。
だから神様、どうか僕に
『いつもありがとう』
この八文字を言える勇気をください。

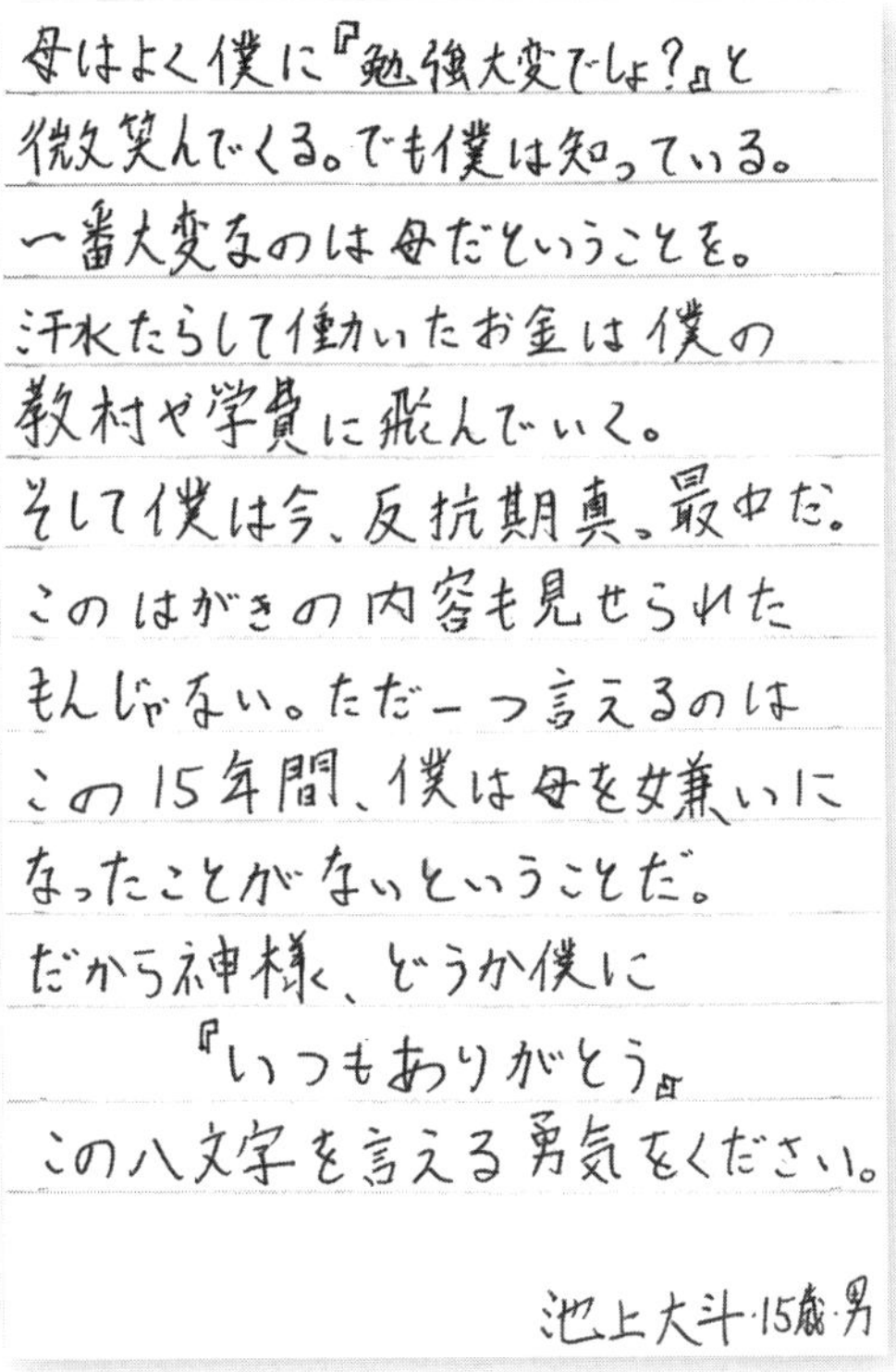
母はよく僕に『勉強大変でしょ?』と
微笑んでくる。でも僕は知っている。
一番大変なのは母だということを。
汗水たらして働いたお金は僕の
教材や学費に飛んでいく。
そして僕は今、反抗期真っ最中だ。
このはがきの内容も見せられた
もんじゃない。ただ一つ言えるのは
この15年間、僕は母を嫌いに
なったことがないということだ。
だから神様、どうか僕に
『いつもありがとう』
この八文字を言える勇気をください。
池上大斗・15歳・男

なんという孝行息子！　はがきから伝わる人柄は、ご本人に接しても裏切られませんでした。未成年者への受賞通知の返信は保護者からの場合が多いですが、池上さんは最初から自分自身で対応してくれました。反抗期を抜けたときにはどんな青年になっているのでしょう。会ってみたいです。

岩渕 みつさん（91歳・茨城県）

孫に嫁さんをお願い
91歳の一人ぼっちの私の家へ26歳の孫が突然来た。
会社を辞めて農業をするという。
農業の厳しさを知り尽した私は猛反対をした。
孫は安心して食べられる野菜を作りたいと
翌日からねぎ農家へ見習いに行った。
そのうち辛くて諦めるだろうと思っていたら
「ねぎ」という1冊1万6千円の本がズシンと届いた。
本気だ。
毎日、凄いネギのにおい、泥だらけの作業服で帰ってくる。
爺ちゃん、孫に嫁が来るまで逝けないよ。　ゴメンね

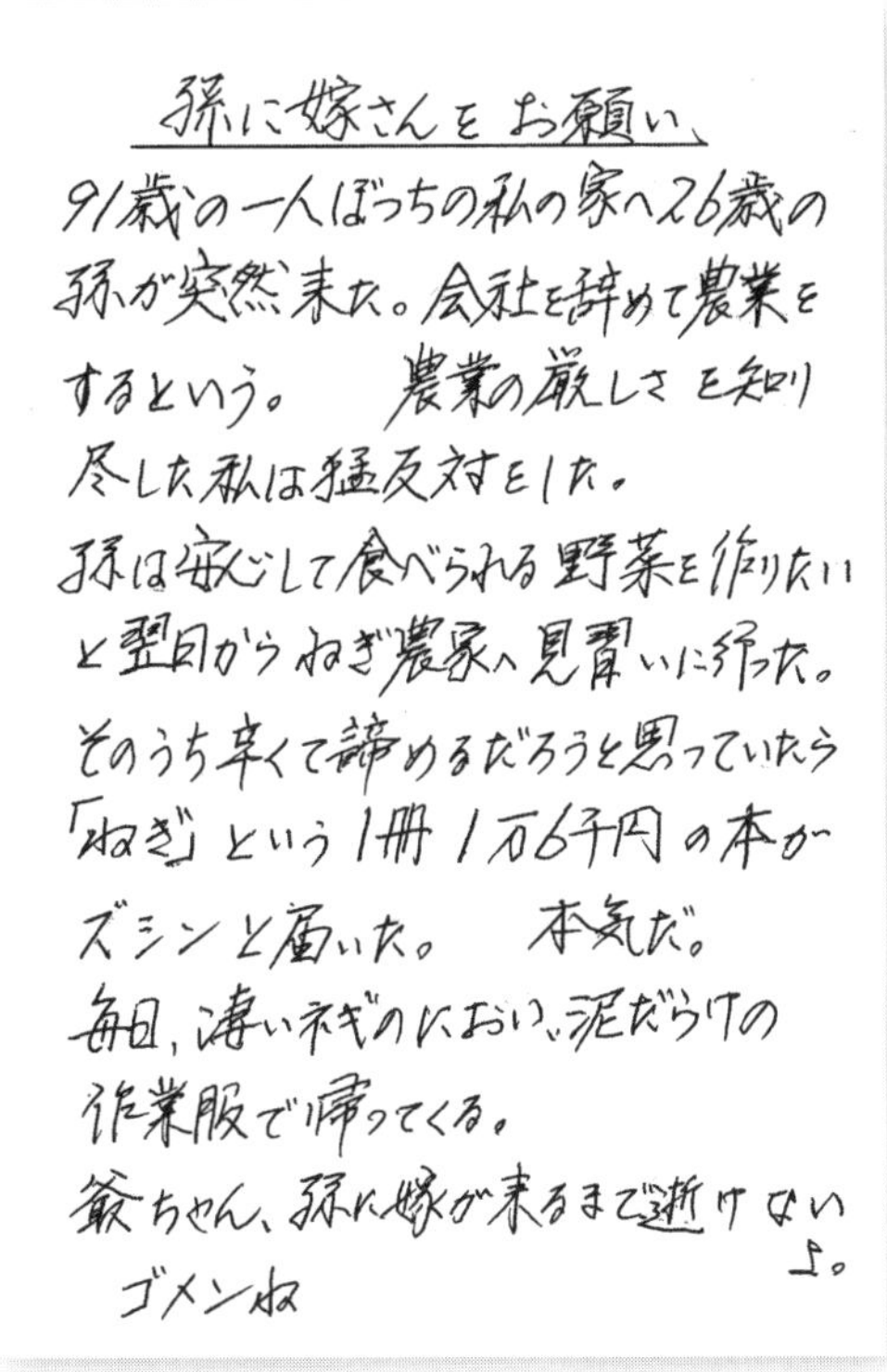
孫に嫁さんをお願い
91歳の一人ぼっちの私の家へ26歳の
孫が突然来た。会社を辞めて農業を
するという。　農業の厳しさを知り
尽した私は猛反対をした。
孫は安心して食べられる野菜を作りたい
と翌日からねぎ農家へ見習いに行った。
そのうち辛くて諦めるだろうと思っていたら
「ねぎ」という1冊1万6千円の本が
ズシンと届いた。　本気だ。
毎日、凄いネギのにおい、泥だらけの
作業服で帰ってくる。
爺ちゃん、孫に嫁が来るまで逝けないよ。
ゴメンね

表彰式は残念ながら欠席でしたが、電話の声の若々しさに驚愕しました。「本気だ」の一文に人柄の率直さや頼もしさがにじんでいます。賞品の吐田米と御所市の銘酒は仏壇の「爺ちゃん」に供えられ、お孫さんはこの春独立して、毎日泥だらけになってネギ作りに励んでいるとのことです。

川越なぎさん（20歳・神奈川県）

数年前、電車に乗れない病気になった私。
それでも避けられない電車通学。乗車中、不安で独り固まっていた。
「顔色悪いけど大丈夫？」50代位の女性だった。
私が降車した後も追いかけて来て、
「このガムあげる。食べるとすっきりするよ。」
私は気づいた。
自分はどこにいても独りではない。誰かが絶対に助けてくれる。
不安になる必要はない。
病気を克服した今でも、そのガムは私のお守り。
名前も知らない、顔も覚えていない恩人へどうにか感謝の想いを届けたい。

数年前、電車に乗れない病気になった私。
それでも避けられない電車通学。
乗車中、不安で独り固まっていた。
「顔色悪いけど大丈夫？」50代位の女性
だった。私が降車した後も追いかけて来て、
「このガムあげる。食べるとすっきりするよ。」

私は気づいた。
自分はどこにいても独りではない。誰かが
絶対に助けてくれる。不安になる必要は
ない。

病気を克服した今でも、そのガムは私の
お守り。
名前も知らない、顔も覚えていない恩人へ
どうにか感謝の想いを届けたい。

行きずりの人からの思わぬ親切。テレワークやオンライン授業が増えた今では、ありがたみがわかりにくくなりました。そのガムを大切にしている川越さんの心ばえを思って、困ったときはお互いさまだということを忘れずにいましょう。また、思い当たる「女性」はぜひご一報ください。

小島　聖子 さん（47歳・愛知県）

いつか富士山の頂上に登りたい。
癌の見つかった夫と、自閉症の長女、小さな妹たち。
先の見えない毎日を生きるには、目標が必要だった。
富士山に行こう――家族で富士山の5合目から宝永火口を目指し、
トレッキングをした。
話せない長女が描いた富士山の絵は
翌年の年賀状デザインに選ばれた。
あれから4年。山歩きは家族の年中行事となり、
この絵をきっかけに長女は画家になった。
富士山は生きる希望。
あの時見上げた頂上にいつかみんなで登りたい。

いつか富士山の頂上に登りたい。

癌の見つかった夫と、自閉症の長女、小さな妹たち。先の見えない毎日を生きるには、目標が必要だった。富士山に行こう――家族で富士山の5合目から宝永火口を目指し、トレッキングをした。話せない長女が描いた富士山の絵は翌年の年賀状デザインに選ばれた。

あれから4年。山歩きは家族の年中行事となり、この絵をきっかけに長女は画家になった。

富士山は生きる希望。

あの時見上げた頂上にいつかみんなで登りたい。

小島聖子　47才・女

表彰式に参加された家族５人は、いわば富士登山のパーティでもあります。上のお嬢さんは小学生にしてその絵が商品化され、今や何度も個展を開催するほどの活躍ぶり。昨夏は感染拡大防止のために富士山も開山されませんでしたが、このパーティが頂上に達する日は近いはずです。

田中 ふたば さん（54歳・福岡県）

そのわがままは、単なる甘ったれ。
だから、お風呂を嫌がっても叱らないで。ご飯には好物を。
もたもたしてたら、お説教する前に、口に運んであげて。
秋晴れの日には、動物園や植物園へ連れて行こう。
毎日のんびりお昼寝もさせてあげて、寝起きが悪くても、大目に見よう。
当たり前だと思ってるその生活は、
ある日突然、あっけなく終わってしまう。
それまでは、お父さんがいつも笑顔でいられるように、
優しく、優しくしてあげて。
どうかこの手紙を、一年前の私に、届けて下さい。

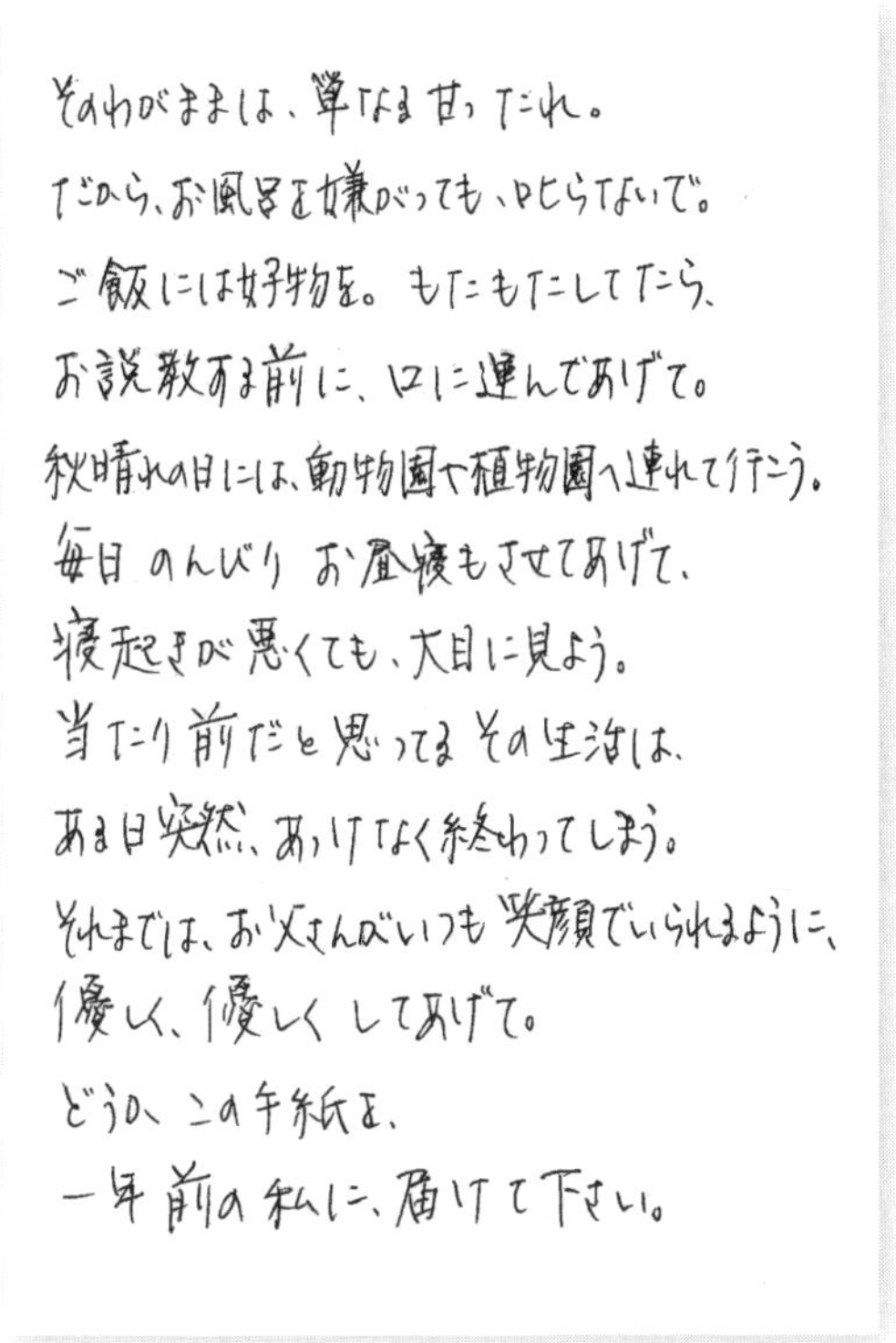
そのわがままは、単なる甘ったれ。
だから、お風呂を嫌がっても、叱らないで。
ご飯には好物を。もたもたしてたら、
お説教する前に、口に運んであげて。
秋晴れの日には、動物園や植物園へ連れて行こう。
毎日 のんびり お昼寝もさせてあげて、
寝起きが悪くても、大目に見よう。
当たり前だと思ってるその生活は、
ある日突然、あっけなく終わってしまう。
それまでは、お父さんがいつも笑顔でいられるように、
優しく、優しく してあげて。
どうか、この手紙を、
一年前の私に、届けて下さい。

過去の私、未来の私への願い事が書かれたはがきは他にもあります。けれど、この願い事の切なさは読み手を揺さぶらずにはいません。「あっけなさ」に呆然とされた心情を思うと胸苦しいですが、はがきに書いて投函されたことで、少しでも気持ちが楽になっておられたらと願います。

長谷川《はせがわ》 喜《よし》さん（104歳・兵庫県）

「アンタ化粧しないんだね」と夫。
そう　私は自分の結婚式以外　百四歳の今日まで化粧はしない女。
今年は夫の死後五十年　平凡な見合結婚とはいえ二十七歳の男、
夫はそれなりに甘やかな新婚の日々を思い描いていただろう
それを本ばかり読んで頭デッカチの私は
さぞ素ッ気ない返事をしたろう　覚えていない。
今私は悔いている
「アンタ　ゴメンナサイ　さびしかったでしょう」
この気持をあの世の夫に告げて下さい
神様!!

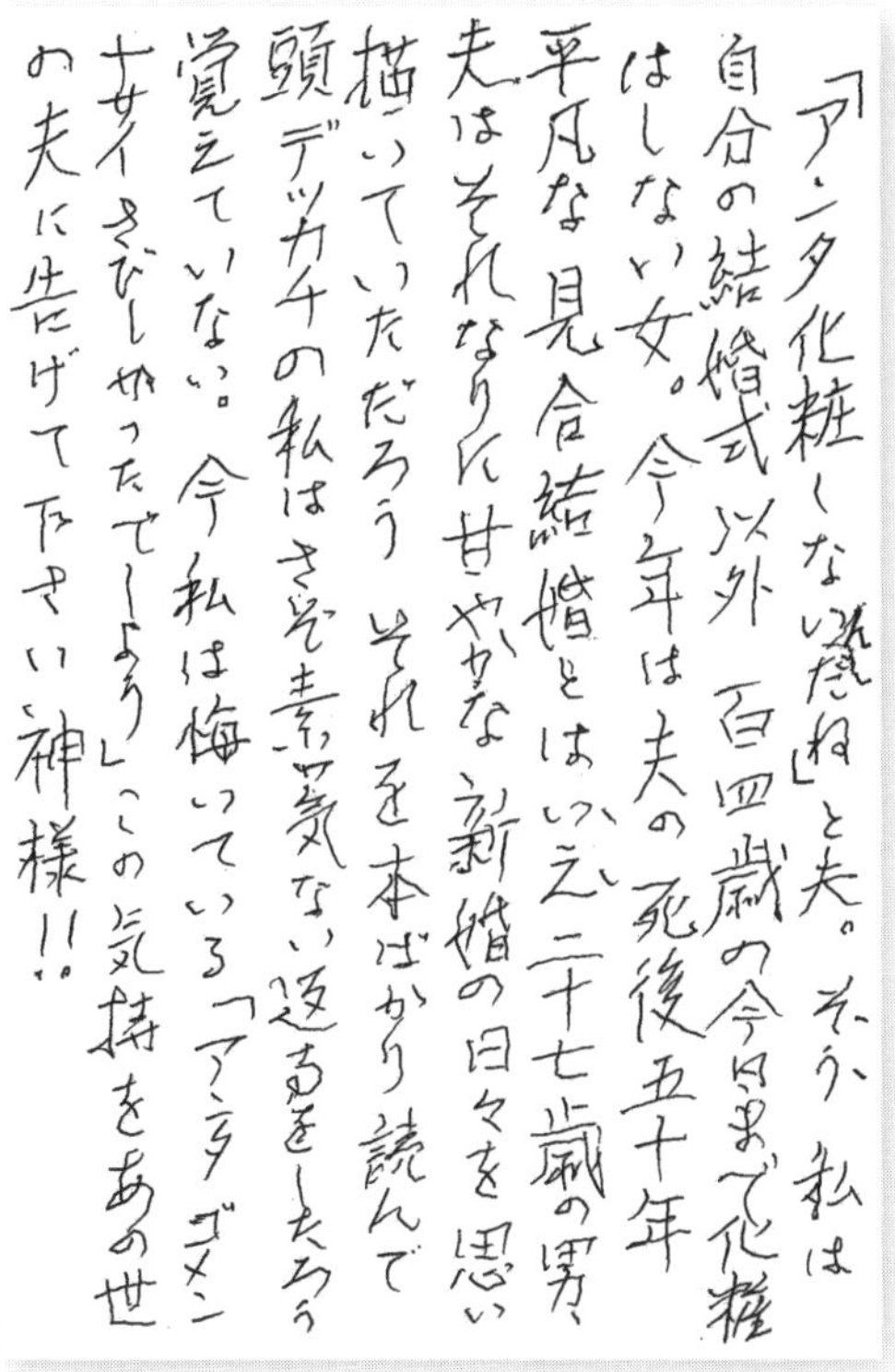
「アンタ化粧しないんだね」と夫。そうか私は
自分の結婚式以外 百四歳の今日まで化粧
はしない女。今年は夫の死後五十年
平凡な見合結婚とはいえ二十七歳の男、
夫はそれなりに甘やかな新婚の日々を思い
描いていただろう それを本ばかり読んで
頭デッカチの私はさぞ素っ気ない返事をしたろう
覚えていない。今私は悔いている「アンタゴメン
ナサイさびしかったでしょう」この気持をあの世
の夫に告げて下さい神様!!

長谷川さんは我々スタッフのスターです。読者にもファンがおられるかもしれません。第3回コンクールで佳作受賞、第5回では最終候補作に。そして今回は郵便名柄館賞を受賞されました。第3回の願いは「恋がしたい」でしたが今回は——。人生の機微というものを教えられました。

馬場 蒼一郎さん（14歳・福岡県）

僕は科学が好きだ。
身近な物の仕組みを考えるだけでワクワクする。
よく物をバラバラにしてお母さんにおこられてしまう。
それでもやっぱりやめられない。
いつかはエジソンのように
自分の名前で賞ができるくらいすごいことを発見したい。
神さま　99％の努力はするから
1％のひらめきをするチャンスをください。

僕は科学が好きだ。
身近な物の仕組みを考えるだけでワクワクワクする。
よく物をバラバラにして、お母さんに、おこられてしまう。
それでもやっぱりやめられない。
いつかはエジソンのように
自分の名前で賞ができるくらいすごいことを
発見したい。
神さま99%の努力はするから1%のひらめき
をするチャンスをください。

表彰式では賞状授与の一番手を務めてもらいました。開始前に一緒にステージに上がって束の間のリハーサル。馬場さんは終始クールで科学者の卵の気質を感じさせられました。冷静な頭脳と熱いハートで、いつか「あのときの馬場さん！」と私たちが自慢するような発見をしてください。

樋口 和恵 さん（32歳・宮城県）

今年の夏、定年を迎えた父が突然自分の畑に花を植えた。
トマトやらナスに紛れて、赤、オレンジ、黄色の鮮やかな花が咲いた。
だけどある日その花が切られ　無造作にキッチンに置いてあった。
その花に気付いた母が
「なんで切ったの？　勿体《もったい》ない」とぶつぶつ言いながら
リビングに飾ってた。
それは結婚してから花の1つもあげた事がない父が
初めて母に贈った花だった。
来年もこの花が咲けばいいと願う。

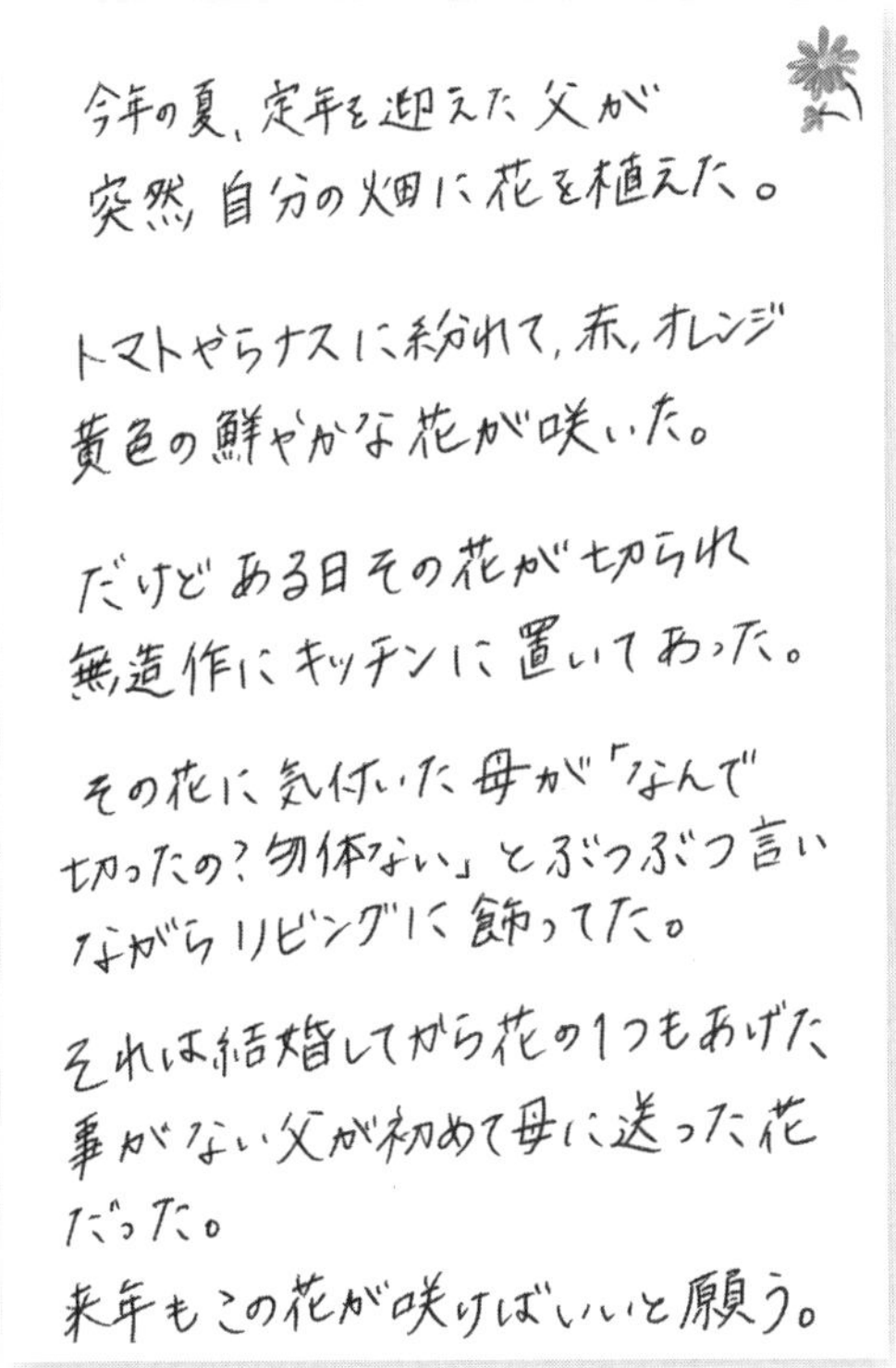
今年の夏、定年を迎えた父が
突然、自分の畑に花を植えた。

トマトやらナスに紛れて、赤、オレンジ
黄色の鮮やかな花が咲いた。

だけどある日その花が切られ
無造作にキッチンに置いてあった。

その花に気付いた母が「なんで
切ったの？勿体ない」とぶつぶつ言い
ながらリビングに飾ってた。

それは結婚してから花の1つもあげた
事がない父が初めて母に送った花
だった。
来年もこの花が咲けばいいと願う。

お父さまの不器用な愛情表現にちゃんと気づいている優しい娘。野菜や花々の色どりの中で、夫婦の歴史を見守るショートムービーのような温かい作品になりました。表彰式後に郵便名柄館に移動して、その郵便局時代に使われた壁掛け電話機を耳に当てる仕草がチャーミングでした。

前川 佑子さん（39歳・佐賀県）

礼儀には厳しいけど、いつも味方で
人目を憚らず愛情を注いでくれた優しい父。
また親子になろうね…
そう言って父の最期を看取って二度目の夏。
父によく似た長女が誕生した。
盛り上がった広いおでこ、反った爪、あくびをするときの眉間のしわ。
大好物はバナナ。
まさか現世で立場が逆転して実現してしまうとは！
恩返しを込めて…父のような愛情溢《あふ》れる子育てができますように。

礼儀には厳しいけど、いつも味方で
人目を憚らず愛情を注いでくれた
優しい父。
また親子になろうね…
そう言って父の最期を看取って
二度目の夏。
父によく似た長女が誕生した。
盛り上がった広いおでこ、反った爪、
あくびをするときの眉間のしわ。
大好物はバナナ。
まさか現世で立場が逆転して実現
してしまうとは！
恩返しを込めて…
父のような愛情溢れる子育てが
できますように。
39歳、女性

表彰式では賞状授与の後、御所おはなしの会が作品を朗読します。自身の作品も耳で聞くと新たな力に驚くものです。ステージ上の前川さんの目にはいつしか涙が浮かんでいました。「また親子に」と約束した父上と前川さん、お嬢さんの時間が、そのとき交差していたのかもしれません。

湯浅《ゆあさ》 蒼空《そら》さん（10歳・長野県）

学校に行けなくなったあの日、辛くて苦しくてどうしようもなかった。
あれから2年。
毎日じいじがついて来てくれるおかげで、
少しずつ学校に行けるようになった。
僕がテストをやっていると、こっそり答えを教えてくるじいじ。
僕はそれをはねのける
「人生要領良くやらないと。」というけれど、ズルはダメだよ、じいじ。
どうかお願い。
すごく家族思いで、そばにいてくれるのは嬉しいけど、
あのね、空気のような存在でいるって難しいかな。
そうあってほしいなあ、じいじ。

学校に行けなくなったあの日、辛くて苦しくて
どうしようもなかった。

あれから2年。毎日じいじがついて来てくれるおかげで、少しずつ学校に行けるようになった。僕がテストをやっていると、こっそり答えを教えてくるじいじ。僕はそれをはねのける「人生要領良くやらないと。」というけれど、ズルはダメだよ、じいじ。

どうかお願い。

すごく家族思いで、そばにいてくれるのは嬉しいけど、あのね、空気のような存在でいるって難しいかな。そうあってほしいなあ、じいじ。


学校が時にとても辛くなってしまうという現実と、その時期を支えてくれた「じいじ」への愛情、ズルはダメときっぱり拒む正義感、空気のような存在であってほしいなあと優しく諭す度量。少年のリアルな気持ちと短期間での成長が酌み取れて、まるで短編小説のような読後感です。

コラム❸ 郵便名柄館《ながらかん》で知る郵便の歴史

今から百五十年前に日本の郵便は始まりましたが、創業から三十年余りが過ぎた頃には郵便名柄館のルーツ「郵便受取所」が開業しています。以来、百二十年近く。館内に展示されたさまざまな資料が日本の郵便の歴史を物語ります。

例えば、郵便輸送のための「人車《じんしゃ》」。あるいは郵便局が通信の役目を担ってきたことを示すデルビル磁石式壁掛電話機。はたまた四角い「掛箱」。これはポストとして使用されたものです。さらには今でも郵便収集用に使われる袋は、当時の名前で「行嚢《こうのう》」。小さな室内のそこここに展示された資料には説明書きがありますから、ぐるりと見て回るだけで相当に郵便通になれます。

郵便名柄館のロゴマークにも郵便の歴史が反映されています。これは旧局舎から見つかった錠郵袋（郵便物を入れる袋）の鍵がモチーフなのです。この鍵の形と長く通信の一翼を担った鳩の姿を重ね合わせて、ロゴがデザインされました。また「郵便名柄館」の書体は、かつて郵便局舎の看板やポストに用いられた郵政フォントと呼ばれる書体にちなんでいるそうです。

↑ロゴマーク

テガミカフェの奥に設けられた展示スペース。このほかレトロな書棚には明治、大正の絵葉書や切手が並んでいます。百年前の「通信事業創始50年記念絵葉書」も！

◉最終候補作の中から

何週間かをかけて二万数千のはがきから、百数十に絞ります。
絞り込んだはがきを選考委員の方々に届けるときには、
全国大会に向かうわが子を見送る父母の気持ちになります。
だから、惜しくも受賞を逃したはがきにも相応の愛着があって、
その魅力を共有したい、と思うのです。
ぜひともこれらの「名文」も味わってみてください。
いいな、好きだな、と感じる作品がいくつも見つかるはずです。

天野《あまの》 洋祐《ようすけ》さん（42歳・岡山県）

鍵っ子だった私。
家に帰ると、「おかえり、今日のおやつは…」
と、母から手書きの手紙。
毎日毎日手書きの手紙。
帰宅して、いつも一番に手紙を読む。
その頃は、手紙よりもその後のおやつが
気になっていたのですが、今思えば、
ありがたい、あたたかい　母との思い出。
ぬくもり、愛情を感じさせる手書きの手紙。
大人になった私は、母の影響か
毎日家族に手紙を書いています。
時代は変わっても、
手書きの手紙で、多くの家庭に、
あたたかな絆が生まれますように。

新井《あらい》 敦《あつし》さん（64歳・東京都）

「おばあちゃんになって歩けなくなったら、
おんぶして街まで連れてってあげるよ」
母に約束をした。
――小学生の頃だったか。
遺品を整理していたら
一足の草履《ぞうり》が出てきた。
箱に結婚記念日の日付がある。
……ああ、これを履いて嫁いできたのか。
まぶたに浮かんだ花嫁姿の母の笑顔が、
五十年も前の果たさずにいた
遠い約束を呼び覚ます。
どうか一ヶ月ほど時間を戻してください。
「母さん、街まで散歩するよ。
ほら、背中に乗って」

荒井　真希子さん（41歳・ミャンマー　ヤンゴン市）

りんとママの願い
「ママ、おしごとやめて。りんのそばにいて。
おねがい…」小さなあなたが、
大きな目いっぱいに涙をためて
つぶやいたお風呂の中。
困り顔のママに、次の瞬間、
あなたはこう言ってくれたね。
「でも、やっぱり、いいや。
こまっているひとをたすける
いいひとのおしごとだから。
りん、ママは、いいひとがいいから。」
りんの幸せがママの願い。
りんの願い、ママ、どっちも忘れないよ。
いってきます。お休みはたくさん遊ぼうね！

有賀《あるが》　陽子《ようこ》さん（73歳・埼玉県）

昭和三十年頃、東上線大山駅には、
五、六軒の映画館があり
映画好きの母に連れられて
よく見に行きました。
私の夢はその頃から女優になりたいだった。
時は流れ三人の子供と七人の孫に恵まれ、
そして仕事もしています。
でもまだ夢は続いているのです。
好きな女優さんの台詞の真似をしたり、
老女の歩き方を研究したり、
客は主人一人ですが、
大笑いしながらも上手〳〵と誉めてくれます。
時が来たら〳〵私はデビューします。

猪飼 亜希子さん（55歳・京都府）

お母さん、貴方が亡くなった朝、
炊飯器にかやくご飯がいっぱい
炊かれていたのはどうしてだったの？
父と2人暮らしだったのに、
炊飯器にいっぱい。
お姉ちゃんが、もうこのかやくご飯を
食べられなくなるのねと言いながら、
おにぎりにしてくれた。
娘や姪っ子たちと泣きながら頬張った。
私たちがお腹をすかさないように、
最後の夜に仕込んでくれたの？
ちょっと柔らかかったけど、美味しかった。
ねえ、お母さん、もう一度食べたいよ。

池田 朱美さん（46歳・三重県）

高校生の息子へ
最近、母はあんたの愛に飢えとるに。
携帯とPCばっかやん
けど「充電」と称して抱きつく母を
微動だにせず受け止めてくれるんが、
今のあんたの精一杯の愛情なんかもしれんな。
来年、あんたが県外に行ってしもても、
LINEやったら3日、
電話で10日は充電可能やに。
ただソーシャルディスタンスが過ぎると
充電池がアカンくなるで、
そうならへんように
夏休みは3日くらいは帰ってきてえな。

伊藤 壮一郎さん（22歳・東京都）

「先生のような大人になりたい」
と、家庭教師先の中学生に言われました。
家に帰ると、まな板の音が聞こえてきます。
「夕飯なに？」と尋ねれば、
「鰈《かれい》の煮つけ」と返ってきます。
ここでは、ただの一人の子どもです。
グローバルだの、オンラインだの、
色々な線引きが曖昧になっている
今の世の中で、子どもと大人の境界線も、
僕にとっては曖昧です。
どうか、彼の眼差しに、
胸を張っていられる、
カッコイイ大人になれますように。

岩田《いわた》 尚子《なおこ》さん（50歳・滋賀県）

50の手習い。ケーキ教室。先ずは
初級のプリンをマスター出来ますように。
まだ見ぬ孫達に、やさしい味のプリンを
食べさせられますように。
生活することで手一杯だったあの頃の私。
４人の子供達には
十分なことをしてやれなかったと、
余裕のない子育てに、
心の中で手を合わせて詫びています。
将来、娘達も
忙しく追われる日々があるでしょう。
幼子を抱え奮闘する世代が、
おばあちゃんのやさしいプリンで
どうか心安らぎますように。

有家川《うけがわ》 真理恵《まりえ》さん（26歳・東京都）

最愛の推しへ
現実の男性が嫌いだった。
そんな私を二次元の沼からすっぽりと
引き上げた、あなた。おかげで、
刀を武器に闘う金髪碧眼の付喪神に
お熱だった私は、今では言葉を武器に闘う
黒髪黒眼の研究者一筋。現実の恋愛は
攻略が難しいけれど、一緒に食べるご飯が
泣けちゃうほど美味しいなんて、
待ち時間さえこんなに楽しいなんて、
ゲームは教えてくれなかった。
新しい世界を見せてくれてありがとう。
どうかあなたが
最初で最後の恋人でありますように。

海野《うみの》 茂樹《しげき》さん（70歳・北海道）

耳を澄ます。ジョッピン。
窓を開ける。ジョッピン。
来た。蝦夷《エゾ》仙入《センニユウ》。
ジョッピンカケタカ、ジョッピンカケタカナ。
三年ぶりねと妻が微笑む。
宅地造成で裏の緑地は半減した。
諦めていた。でもでも朝に、ジョッピン。
夕に、ジョッピン。夜中も、ジョッピン。
頼りない小枝に留まって闇に囀《さえず》る君を思う。
感じる。つながる。ジョッピン。
二人でいるから、こんなにも心に沁みる。
ジョッピン。妻が寝返りをうつ。
明日も（明後日も）傍にいてほしい。
そっと、その手に触れる。

耳を澄ます。**ジョッピン**。窓を開ける。**ジョッピン。**来た。蝦夷《エゾ》仙入《センニュウ》。**ジョッピンカケタカ、ジョッピンカケタカナ**。三年ぶりねと妻が微笑む。宅地造成で裏の緑地は半減した。諦めていた。でもでも朝に、**ジョッピン**。夕に、**ジョッピン**。夜中も、**ジョッピン**。頼りない小枝に留まって闇に囀る君を思う。感じる。つながる。**ジョッピン**。二人でいるから、こんなにも心に沁みる。**ジョッピン**。妻が寝返りをうつ。明日も（明後日も）傍にいてほしい。そっと、その手に触れる。

蝦夷仙入の鳴き声をBGMにして妻への思いが高まり、また穏やかな境地に戻る様が細やかに描かれていて詩情に富みます。一方、選考対象ではないのですが、はがきの書き方も見事です。鳴き声は書体が異なる太字で、声が大きくなると大きく、小さくなると小さくなります。

江頭《えがしら》 雅稀《まさき》 さん（12歳・佐賀県）

お母さん、
僕は今お母さんに言いたい事がある。
それは日曜日などに出かけて
帰ってきたときに、
宿題をしようとしているときに、
「ちゃんと宿題して」と言う
僕はせっかくやろうとしていたのに
それがいやで逆にしたくなくなる。
それで台所に行って
僕はごはんを作っているのかなと思い見ると
お母さんはスマホをしている
注意しても、変な言いわけをするばかりで
僕が同じことをすると、おこられる。
大人はいいなぁ。

江尻 彩菜 さん（21歳・福島県）

私が生まれる前、癌を患っていたおばあは
「孫の顔が見たい」
気持ちが勝って元気になった。以来、
「七五三が見たい」
「制服姿が見たい」
「成人式が見たい」
と言ってたけど、いつの間にか
全部ふり返ったところにあるなんて。
最近は「ボーイフレンドできたのけ？」
が口癖だけど　それは少し待っててね。
そういえば、成人式を過ぎてから
次の願いが聞けてないなぁ。一つ目は
何となく想像できるけどその先も教えて。
いろんな景色を見せたいんだ。

大恵《おおえ》 貴子《たかこ》さん（10歳・兵庫県）

服も、くつも、
かばんも、リコーダーも、
私の持ってる物は全部お古。
お母さんはエコやって言うけど、
こんなんエゴやわ！
私が学校でみんなから
「またお古？　かわいそうー」って
からかわれてんの知ってる？
地球にやさしいのはいいけど、
もうちょっと
私にもやさしくしてほしい!!

太田《おおた》 淳《じゅん》さん（77歳・東京都）

ペット葬儀場から立ち上がる煙に乗り、
天に昇った錦之介。
爺は今、リードの代わりに、
錦之介の動画の入ったスマホを携え、
ひとり静かに散歩中だヨ。
動画のスイッチを入れると、
勢いよくリードを引っ張り出し、
鼻をクンクン鳴らしながら歩く、
錦之介の姿が写し出される。
確かにご時勢にかなったバーチャルな
犬の散歩だが、77歳の飼い主にはいささかの
淋しさが伴うことも事実。スマホではなく、
リードを握ったその先に錦之介がいる、
あの日のリアルな散歩を…。

太田 秀雄 さん（91歳・神奈川県）

成せば成る成さねば成らぬ何事も……
この格言を自分なりに達成したいと
決意したのが10年前。
それは耳を動かす事です。
くだらないと云えばそれまでですが
意志の強さを試すため始めました。
鏡を見ながら百面相の奮闘努力の結果
少しですが動いて来たのです!!
まさに動きました!!
これからが大変だと思いますが
神様　どうか白寿までに
耳がパタパタと動きますよう
どうぞよろしくお願い致します。

太田《おおた》 政造《まさぞう》 さん（84歳・滋賀県）

八十四路の人生行路を歩む歳となり、
今年小生の誕生日に壱通のファックスが届いた。
孫は大学二回生だが、
コロナ禍で、大学に登校出来ず、
況《ま》して高齢の私の家にも来ていませんが、
祝福のメッセージは、
私の似顔絵と共に誕生日おめでとう
「知的な探求心を忘れない
その姿皆んなの誇り」と書かれてあった。
しかしこの年で孫の期待に添って生けるか、
些か心許ない。
「神様どうか生ある限り、
孫に尊敬される祖父で生き続けたい。」
と心から願っています。

大塚《おおつか》 和佳《のどか》さん（20歳・東京都）

相方へ　こないだは良い夜だったね。
何を話すんでもないいんだ、
何ヶ月ぶりか一緒にごはん食べて、
外に出たら夜になってて、
自転車でどこまでも行きたくなった。
あんたもそういう顔してたから、
雨雲無視してあの公園へ。
置き去りのお砂場道具で遊んでやったね。
アートだぜとか言いながらね、へへ。
昨年の旅行は格別だった。
でも形はそのとき次第でいいんだ。
とにかく、あと十年五十年六十年しても、
ずっとさ、あんたと一緒に
青春をつくれますように。　相方より

大町《おおまち》 一吉《かずよし》さん（63歳・山口県）

「あ、あまーい。」TV画面の中、
すいか片手にタレントが叫ぶ。
確かに昨今、甘い果物や野菜が増えている。
すいか生産者として数十年になるが、
私の願いは、〝甘い〟でなく
〝うまい〟すいかをつくる事である。
胡瓜《きゅうり》には胡瓜の、トマトにはトマトの
それぞれ独自の味がある。
うまいすいかは切れば包丁がめりこみ、
瞬間あたりはすいかの香りにみたされる。
そして、うまいすいかは
すいかの味が強く、しっかりしているので、
甘さにまけることはない。

岡《おか》部《べ》 眞《まさ》道《みち》さん（66歳・宮城県）

爺さんは50代で髄膜炎に罹り
記憶を失なったけど、亡くなった実母と
育ての母の事は覚えてた。
母ちゃんの話が出ると
人前でも子供の様に泣いた。
お婆ちゃんは、人前で恥ずかしいと
爺さん叱ったけど僕は涙が出た。
家族が皆揃い楽しく話をし
体を綺麗に拭いた直後にスーッと
亡くなってしまった。合図をしたように、
二人の母に両手を繋がれて
子供の心のまま天に昇った。
二人の母さんと一緒にいて、
忘れちゃった事も全部想い出してね。

尾崎 多恵子さん（55歳・京都府）

真夜中、熟睡している私の肩を夫が
トントンとたたく　眠い目をこする私を見て
そのまま自分の布団へもどる
結婚して15年、こんな事が何度かある
夫にとって私は後妻である
前妻はある日、体調を崩し、
病院へ行く前夜、息をひきとっていた
どれだけつらかっただろう
真夜中のトントンは私の生存確認なのである
お父さん、私は絶対お父さんより
長生きするから安心して
近頃体のあちこちにガタがきているが
お父さんを見送るまで
私が元気でいられますように

小山内《おさない》　久美子《くみこ》さん（56歳・神奈川県）

去年の夏、うちに空巣に入った人へ。
小銭入を返して下さい。
あれは私が学生の頃、
おなかがすいたらすぐ何か買えるようにと
祖父がいつも100円玉を
パンパンに入れてくれた小銭入です。
最後に入れてくれた100円玉が
今でも入っています。
つらい時、
ギュッとにぎると少しがんばれるんです。
お願いします。
あれだけは返して下さい。

尾沢　ゆきさん（46歳・東京都）

孫の抜けた歯全部使って
総入れ歯がつくれるくらい、
ばっちゃんが長生きできますように。
11歳の娘はばっちゃんのために、
こつこつと
自分の抜けた乳歯を集めています。
ばっちゃんにあげるんだ！　と言って。
「ばっちゃんの歯になっても、
実は故郷は私の口の中なんだよ、
素敵じゃない？」って
綺麗な箱にしまっています。
この子の親知らずがはえそろうくらいまで、
のんびり待っててね。

小野　澄江さん（65歳・長野県）

化粧を捨てた。お洒落も捨てた。
開いた本は、いつまで経っても
同じページのまま。
手抜き料理に、手抜き掃除。
余命二、三年の宣告から、かれこれ十五年。
あまりの多忙さに、
癌細胞も尻ごみしたのか消滅状態。
介護、孫の世話、野良仕事等、
三軒を奔走する日々。
それでも、疲れきった夜に、
必ず訪れてくる一時《いっとき》の幸福感。
この一時の為に、今日という現実を
踏んばって生きていく。笑いを捨てず、
皆の幸せを願う心だけは捨てることなく。

葛西　仁志さん（42歳・大阪府）

太郎は28センチメートル。
首と尾を除いた甲長である。
太郎は私が13歳の夏に、
縁日の屋台で売られていた。
その頃は私の手のひらよりも小さかった。
ある朝突然白い卵を産んで、
初めてメスだったと分かった。
けれども今さら花子とは呼べない。
太郎は今年29歳。元気に成長し続けている。
過去には2つの水族館が
その大きさを競い合い、最大のものは
甲長が39センチメートルを超えたらしい。
太郎よ、これからも健やかに育ち、
日本最大のすっぽんとなれ。

加藤《かとう》 美詞《みこと》さん（9歳・埼玉県）

奈良県の一言主神社の神様はじめまして。
私のお母さんは結婚がおそくて
私のたんじょうもおそかったから、
最近のお母さんのしみ・しわ・しらがの
「三し」が目立って
友達に少しはずかしいけど、
本当の私の願いは、そんな事ではないのです。
私のおもりをしてくれた
おばあちゃんみたいに、
私の赤ちゃん（まご）を一目見てほしいから
元気で生きていてほしいことなのです。
同じことを言うのは
三回までならゆるします。

金川《かながわ》 園美《そのみ》さん（42歳・兵庫県）

22才でシングルマザーになって、
必死であんたら2人を
育ててきたわけやけど、あの頃は、
早く手が離れないかなあと思ってた。
でも、いざあんたら2人が
出て行ってしまうと、なんかさみしいわ。
朝なかなか起きなくて、
準備が大変だった保育園時代、
成績が悪すぎてよくけんかしたり、
家出して探し回った中学時代。
ただただなつかしくて涙が出る。
たまには「元気か?」って帰って来いよ。
涙もろい情けないおかんに
なってしもうたわ。

金田《かねだ》 裕子《ゆうこ》さん（84歳・山口県）

昨日老人ホームに入居申込書を出した。
結婚しこの地で息子二人を育て
夫を見送り以後二十五年、
気が付けば84才
一日おきにリハビリに行き
身の不自由もさる事乍ら
頭の方が気になる昨今、
鮭が故郷に帰るように生れた地に帰りたい。
生れたアカシアの大連
楊柳《ようりゅう》の綿飛ぶ長春は遠い彼方。
生れた地が第一の人生、
今住むこの地が第二、
これから行く第三の人生、感謝して。

狩野《かのう》 泰輝《たいき》さん（7歳・京都府）

かみさま
マスクをしないで
みんなとおにごっこがしたいです。
エアータッチのおにごっこはつまらない。
コロナをだれもいない
くらいところにとじこめてください。
みんなにやさしいかみさまが
コロナにしたいじわるは、
だれにも言わないよ。
2人だけのひみつにするよ。

河田《かわた》 真子《まさこ》さん（35歳・奈良県）

母の好きな人参を私は皿の端に残す
「野菜も食べにゃあ美人になれんのんよ」
そんなわけない
ベジタリアンの母は
どことなくじゃがいもに似てる
ある日、同級生から聞いたよ
「あんたのお母さん、
いじめられとる人助けとったで」
お母さんお母さん、
あなたは本物の美人だった
野菜を食べたらお母さんみたいになれるかな
母の好きな人参を私は鼻をつまんで食べる
美人になれますように
やや、じゃがいもが笑った

北野《きたの》 田鶴子《たずこ》さん（74歳・広島県）

臭いと汁漏れを気遣って
買い物かごのキムチをそっとビニール袋に
重い時は手をさしのべてくれる
ご両親に逢ってみたいと思うほど
神対応のレジの男の子
有り難うと言うのが精一杯で
元気貰っているよと言えない
逢った日は心が和み　帰りの手提げ袋が軽い
ずっと気になっている顔のニキビを
消してあげて下さい　綺麗になったねと　私
はいって　とびっきりの笑顔
ああ～見たいな～
子供が生きていたら　もしかして
あの子の様な孫がと　ふと思う

木村 武雄さん（67歳・兵庫県）

市の中学校軟式テニスで準優勝して、
高校では弁論大会で準優勝。
大学は第二志望へ行き、就職も第二志望。
最近になって
シルバーコレクターという言葉を知った。
決して一位になれないんだ。
でもね、今までの人生で
唯一第一志望を叶えたものがある。
君だ。
人生で一番大事な結婚だけは一等賞だった。
大満足。
これでこの人生に意味はあるというもんだ。
コロナが終息したら、行先を決めず
一カ月ほど二人で旅に出よう。

黒岩 眞由美さん（61歳・大分県）

農協に家一軒ほどの借りができたよ。
憧れていた薔薇栽培が
バブルと共にはじけたから。
寝物語に「死のう」と連れ合いに漏らしたら
「今はその時じゃない。」と。
そこから死ぬ気で働いたね。
開拓者のように石を拾って土地を作り、
鶏糞で鼻の穴まっ黒にして土を養い、
また花を植えた。
連れ合いが働くから私も働く。
私が働くから連れ合いも働く。
人生の半分を費してきたねぇ…
あと少し。借りをチャラにできるまで
働ける健康を私たちにください。

黒沢《くろさわ》 瑞喜《みずき》さん（28歳・埼玉県）

十三年前、父母は離婚した。
父と最後に会ったのは十三年前。
父は活発な私と何時間でも外で遊んでくれた。
二人で野球も観に行った。
私がキャプテンを務めるクラブチームで
監督もやってくれ優勝までさせてくれた。
そんな父と暮らす最後の夜、
私が寝てから父は私のベッドの横で
「みーちゃん、ごめんね。」と泣いていた。
私は涙を堪えながら寝たふりをした。
あの時言えなかった。
お父さん十五年間ありがとう。
どうかこの気持ちを
伝えられる日がきますように。

麹谷《こうじたに》 省三《しょうぞう》さん（90歳・兵庫県）

私が小学生の頃、母は時々
私を連れて畑の草むしりを一緒にした。
夕暮どき、
遠寺の晩鐘の音が微かに聞こえてくる。
「菩提《ぼだい》の鐘が鳴った。サア帰ろか」
母はいつもそう言った。
私は母のこの一言の中に、
私と一緒に一日を終えたことを
喜んでくれているように思えて嬉しかった。
今、私は九十歳。
私の人生の最後に、母よ
私にあの声で言って下さい。
「菩提の鐘が鳴った。サア帰ろか」

小竹 勇二さん（66歳・大阪府）

猛暑の日に、我が家に念願の織り機が
2台届いた。高齢者の仲間入りをした妻と
障がいを持つ娘用だ。
母娘の楽しそうな時間が流れている。
妻は娘の療育、親の介護、
自身の病との共生など色々あったけど
落ち込まない性格で
スルリとやり通してきた。だから今、
縦の糸と横の糸で
趣味良く織物をこさえる時間は
彼女にとっては至福の時間だ。
今度は自分にお似合いの
虹色の布を織り込んでほしい。
時々、僕がコーヒー淹れるから。

小林《こばやし》 友子《ともこ》さん（36歳・北海道）

ママが良い！ ママと寝る！
と言うわりに、君たちはママのことを
ぞんざいに扱い過ぎではないかしら？
真夜中、不意打ちで食らう頭突き、
裏拳《うらけん》、踵落《かかとお》とし。
君たちが生まれてから
熟睡できた日が何日あっただろう。
子育てがこんなにも大変で
ヘトヘトで面白おかしくて、
君たちがこんなにも可愛くて憎たらしくて
愛おしいとは思わなかったよ。
愛すべき暴君たちへ。
どうか、これからも健やかに。
もうしばらくは一緒に寝てくれるかな。

小林 由記 さん（32歳・長野県）

私と寝室を共にするみなさん。
1歳9ヵ月のあなた。
夜中にうなっていますね。寝るときくらい
穏やかな気持ちになりましょう。
5ヵ月のあなた。
4時頃から元気に遊んでいますね。
まだまだ寝る時間ですよ。
31歳のあなた。まるで
こちらに話しかけてるような寝言を言い、
いびきをかき、大音量のアラームで
こちらを起こして、あなたは寝ていますね。
一番たちが悪いです。
3人の男たち。
私をゆっくり静かに寝かせてください。

古明地《こめいじ》 良子《りょうこ》 さん（64歳・兵庫県）

「余命宣告」とやらを
告げられるのではないかと
大きな不安や恐怖心、イラ立ち、
落ち込みが体いっぱいに広がっていく。
それなのに、どうしたことやら、
私の心は、日に日に強くなって、
「負けてたまるか」と敵をにらみつける
勢いだ。私の中に再び、母としての強さが
ドバドバあふれ出してきたのだ。
気弱で泣き虫な私はもういない。
立ち向かってやろうじゃないの。
メソメソする私はもういない。
強い母として復活したのだ。
この空《カラ》元気が本物になりますように…

近藤 路子 さん（74歳・東京都）

自動車免許証自主返納後は、
自転車走行になった。
我が家の自動車は、
車輪大小で、走行速度が違う。
せっかち夫と、スロー妻。性格は全く違い、
バランスをとるのは難しかった。
修正しつつ、何とか五十年走り続けた。
誤差は、多少近付きつつあるが、
切り抜けられたのは、お互いの忍耐の賜物。
このガタピシ走行、あと何年
走り続けられるのか？ と思いつつ、
老夫婦、よろめき運転で今日も走る――
これからも安全運転、
宜しくお願いしまーす。

佐伯《さえき》 侑美《ゆうみ》 さん（26歳・東京都）

日本舞踊を始めて20年近く。

師匠は私のもう1人のお母さん。

「靴を揃えなさい！」

「人の前を通らない！」

「足袋を履く時は壁を向いて！」

幼い頃から耳にタコが出来る程
教えられてきた。社会に出て気付く。

これが出来ない人がなんと多い！

社会を経験して想う。振りだけではない、
人の心を習っていたのだ。

あと少し師匠との時間をください。

鶴の恩返しならぬ
ひよっこの恩返しさせてください。

未熟な弟子の願い事

酒井 かえん さん（74歳・神奈川県）

息子へ　夫が最終の入院中、私は
病院の引き出しの中に水色の紙を見つけた。
開いてみると「僕はお父さんの
子供であることを誇りに思う。云々」
あなたの筆跡だった。
それから一か月後、夫は逝った。
納棺の時、あなたは
「お父さんの大切なものはどこ?」と聞いた。
「机の引き出し」私が答えると、
あなたは水色の紙を取り出して
夫の胸元に置いた。私は知らぬ振りをした。
この秋の十七回忌を前に、
ちょっと思い出して書いてみた。
あなたが怒らないことを願う。

坂本 真司 さん（83歳・大阪府）

家事見習い中
妻がギックリ腰になりました。
歳も考えず庭の植木鉢を持ち上げ
腰を痛めたのです。結婚当初、彼女は私を
「貧乏人のボンボン」と呼びました。
貧乏人のくせに、何もせず、何も出来ず、
のほほんとしていたからです。
しかし、今は朝六時から起きて、
庭掃除、朝ご飯の仕度、風呂場の掃除、
食事の後片付け、何でもやります。
それなのに、未だ見習いの域を出ないと
酷評しています。どうか早く
ボンボンの名が返上出来ますよう。

桜井 茉莉花さん（5歳・広島県）

おおきくなったら
ガンとコロナのくすりをかいはつして
ちきゅうのみんなをなおしたいです。
ざいさんがすくないひとが
いるかもしれないから
100えんにします。
そして、おきゅうりょうで、
こどもにじゅげむのえほんと
かわいいえんぴつをかってあげたいです。
あとおおごえでおこらない
おかあさんになりたいです。

佐藤 由佳さん（56歳・新潟県）

神様　能登半島を
もう一つ作って私に下さい。
釣り好きの夫にプレゼントしたいのです。
なだらかな新潟の浜にあの半島があれば
最高の釣り場だと、夫はいつも
子供みたいに目を輝かせて話します。
形が絶妙なのだとか。今年の誕生日も
釣りの本しか贈れませんでした。
それでも喜んではくれたけれど、
本当に欲しいものをあげたいから。
七尾湾あたりに
真っ白なリボンを巻いて贈ったら
日本海に映えて素敵でしょう。
神頼みしかない私の願いです。

清水《しみず》 滋雄《しげお》さん（72歳・埼玉県）

毎年夏になると、
一家でクーラーのある部屋にまとまり、
川の字になって寝たね。
あの頃は兄妹三人だったから五本川。
今君たちは親元を離れ、
それぞれ一本川、三本川、
四本川で寝ているよう。
お父さんたちは元の二本川に戻ったさ。
分流しても数多の川の流れは
どんどん拡がって大河となり、
やがて全ては、水の惑星に注ぎ込んでいく。
願わくは、「みんな」、
地球上を豊かな生命の水で満たせ。

白土《しらつち》 加代子《かよこ》さん（60歳・福岡県）

大正8年生まれの父が言った。
「10歳の時、初めていっぱい泣いた」と。
祖父が炭坑で目を痛め、
祖母から進学は無理だと言われたからだ。
そんな父は14歳で国鉄に入り、
管理職となって私を大学まで出してくれた。
しかし父の10歳の涙を想う時、
私は胸が締めつけられるのだ。
どうか神様
今生活困窮下で勉強中の子供達には
夢叶う未来の扉を開いてあげて下さい。
病床での父の
「上の学校に行きたかった」という呟《つぶや》きが
今も耳から離れない。

季平《すえひら》 遊喜《ゆうき》さん（6歳・広島県）

ジャムのふたがあきません。
のりのふたもあきません。
いろいろ一人でたべたいのに。
ママのかいりきを
はんぶんわけてほしいです。
ちからがついても
こっそりたべません。
できるだけたべません。
がんばります。

関 和幸さん（68歳・長野県）

28年前、65歳で逝ったオヤジ。
諏訪の男衆の血が騒ぐ御柱祭が
再来年に迫ってきた。
御柱祭には
いつもオヤジの木遣り唄が聞けた。
柱と曳き綱で
二百メートルもある端から端まで
よく通るオヤジの木遣りは天下一品。
何人もいる木遣り衆の中、
オヤジの木遣りで何度も御柱が進んだ。
曳き手の氏子衆が
オヤジのを認めた証しだった。
往年の法被姿で、ひょっこり現れて、
もう一度、見事な木遣りを聞かせてよ。

関根 則子さん（52歳・東京都）

母上様
お盆に帰れないなんて、初めてだね。
ナスのミソいためが食べたいなあ。
畑でとれた野放図にデカいナスのやつ。
あと、とうみぎ。
ふかしたとうみぎを、みんなで食べた後、
ザルに山盛りになった芯を、
牛にやりに行くのが私の仕事だったね。
牛達がゴリッ、ゴリッと音をたてて、
うまそうに芯を食べてるのを見ると、
さっき食べたとうみぎが、ものすごく
うまかったような気がするんだよね。
ああ、早く帰って食べたいなあ。

関根 よし子さん（59歳・埼玉県）

息子が高校で野球部に入った。
毎晩泥だらけのユニフォームを
洗う日々に気が遠くなった。
高3になり残りわずか
泥だらけのユニフォームが
愛おしくなっていた。
夏の大会、一試合目で負けた。あの日、
息子は丁寧に「ありがとうございました」
と私たちに言った。
涙があふれた。たった一言でも
子どもの成長を肌で感じるものなのだ。
嬉しかった。目には見えないけれど
それは今も、大切で大事な
宝物であることを知っていてほしい。

瀬野 美千代さん（59歳・愛媛県）

三人の子どもたちへ
長男には、「やっぱり初めての子どもは
一番かわいらしいわいね。」
と言って育ててきた。
長女には、「やっぱり女の子は
一番かわいらしいわいね。」
と言って育ててきた。
次男には、「やっぱり末っ子は
一番かわいらしいわいね。」
と言って育ててきた。
矛盾しとるようやけど、全部母さんの
本心なんよ。三人とも母さんの
自慢の子どもやから、母さんが死んだ後も、
ずっと仲よく幸せにやってください。　母

高井《たかい》 明弥《あけみ》さん（47歳・神奈川県）

おばあちゃん、冬にもらう干し芋は
あまり好きではありませんでした。だって
秋に干し始める芋をつまみ食いするのが
一番おいしかったんだもん。
高校を卒業して、上京して初めて、
冬にもらう干し芋も
とてもおいしいって知りました。
それから更に年月が経ち、
干し芋も作らなくなって、
おばあちゃんも亡くなってしまった。
色々な干し芋を買ったけど、
あの秋の干し芋が一番なんです。
あのお芋が食べたくて、
食べたくて、仕方ありません。

はがきの名文コンクール実行委員会スタッフだより

ひと月遅れの選考開始。コンクール六回目にして異例の設えとなりました。限られた人数が入室し、机の間隔を取り、それぞれ壁を向いて着席します。はがきだけを読む時間が静かに流れていきました。選考に加え、さまざまな実務にも携わるスタッフ五名からのメッセージです。

コロナ禍での選考となりました第6回はがきの名文コンクール。知恵を出し合って感染対策を徹底し、選考に励みました。緊張を伴う状況ではありましたが、ひとたび作品に向き合えばすぐに作品世界にとりこまれる……そのときのわくわくする気持ちは例年どおり！今年も対策は万全です。熱いおはがきを、またお待ちしております。

孤独を感じることが多くなった日常生活、選考会場では壁に向かって座り、はがきに書かれた願いとの一対一の対話を黙々と続けます。時々寂しさを感じるときも、はがきに書かれた温かな言葉が私を励ましてくれます。悲しい文章にも、明るい文章にも、その下には優しい愛情が隠れているからです。この時代だからこそできる選考を心掛けたいです。

力強い文字、繊細で優しい文字、可愛らしい文字、はがき一枚一枚に表情があり、そこに込められた願い、想いは、どんな時であっても、心の奥まで響き大きな力となっています。願いを言葉にすること、文字にすること、伝えることで、きっと何かが変わっていく予感を胸に、素敵な作品に出会えることをとても楽しみにしています。二〇〇字の向こうに皆さんの姿を思い浮かべながら、今年も大切な作品を読ませていただきます。

昨年はコロナ禍の中、多くの方がこれまでと違う窮屈な日常に戸惑いや不安を抱え、その収束を願う作品が寄せられました。中にはそんな状況でも前向きに生きる力強い作品があり、元気をもらったこともありました。はがきに書かれた二百文字の力はすごい。
今年も願うことは叶うことへの最初の一歩と信じて拝読します。

出口の見えないトンネルにいるような状況下、たくさんの作品をいただきました。数々の困難を経験されたご高齢者の願いには優しさと強さがありました。笑い声が聞こえるような子ども達の願いには希望を感じました。会えないときだからこそ、言葉は心に深く届き、響き続けるのですね。光の差す出口も見える気がしています。

静かな会場で　スタッフの胸の内は大賑わい

絶対に紛失があってはならないですし、作品の守秘を徹底して、選考スタッフははがきを決して持ち帰りません。選考は一つの部屋にはがきを集め、スタッフがそこに身を運んで行ないます。一人ずつ別々に読みますが、例年は感動したり、驚いたりすると、「見て見て！」とそのはがきを室内で共有することがしばしばありました。それは大きな楽しみの一つでしたが、昨年はご法度。換気のために開けた窓から入る風だけがそよそよとはがきを震わせます。

でも実は、それぞれの心の中は大忙し。泣いたり笑ったりじんとしたり。この作品集はスタッフ一同の心の活動報告でもあります。

髙橋《たかはし》 佳太郎《けいたろう》さん（10歳・神奈川県）

毎日六百mlほど牛乳を飲んでいる。
夜十時ごろに成長ホルモンが出るので
早ね早起きをしている。
母に「ひんがない。」と言われるほど
ガツガツごはんを食べている。
つまり、ぼくは背が高くなりたい。
そして、かっこよく
ダンクシュートを決めたい。
目ひょうは身長を一年に九㎝のばすことだ。
今まではじゅんちょうにのびてきた。
このままいけば
七年後には二mをこすことができるはず。

高橋 ナヲ子さん（77歳・大阪府）

妹・純ちゃんと『じゃがいも』をゆがいて
今一度食したい。
もう三年になるかしらね、
あなたは今
どのあたりを旅してるのかしらね。
貧しい農家に産まれた貴女と私
じゃんけん・ホイ、負けた方が
台所でジャガイモゆがくの……、
納屋の片すみに転がってる小さな、
じゃがいもさん。
何とも言えないおいしい事。
皮をむきお醤《しょう》油をつけて食べるのよね
77歳になった私、今でもやってるよ!!

田口《たぐち》　淳子《あつこ》さん（81歳・秋田県）

「出来たっ！」
広いリハビリルームのブラインドが
震えるような声でその手ごたえを、
わたしは確かめた。
小さな回復の興奮と感動は
次の治療のエネルギー源になる。
歩行器に捉《つか》まり覗《のぞ》いた如月の街並み。
初秋の朝、痛みごとモカを流し込むと、
グールドのピアノが語りかけてくる。
〝Have a good day today.〟
今、自販機の冷たい水をゴクンと飲んで
治療の順番を待っている。
闊歩できる日を願いつゝ。

田口《たぐち》　竣貴《しゅんき》さん（16歳・群馬県）

今年の夏は会いに行けないから、
代わりにお弁当作ったよ。
じいちゃんは糖尿病だから、
野菜たっぷりヘルシーにしたよ。
トマト、きゅうり、枝豆など、野菜はみんな
自家製。いつまでも元気で歩けるように、
カルシウム豊富な干しエビを入れたよ。
本当は、切り干し大根も入れたかったんだけど、
上手くいかなかったんだ。
コロナが収まったら、作り方教えてね。
このSLの弁当箱覚えてる？
昔、じいちゃんと食べた駅弁の容器だよ。
また一緒に旅行できる日が、
早く来ますように。

田口《たぐち》　寿恵子《すえこ》さん（72歳・愛知県）

不登校という珍らしくもない言葉で
孫が私の港に停泊しています
「人波に出ると
おぼれてしまう」
おぼれなくなるまで
私の港にいていいよ
いつか、力強く帆を拡げて
青空の下、大海にこぎ出していく君を
焦らず、抱きしめています
私の願いは、たった一言
「君の出帆」
どうか　願いが叶いますように

多田　克典さん（76歳・新潟県）

妻が亡くなった翌年から
小さな田んぼに四種類の稲を植え
「ひさ子」の文字が浮かぶようにしている。
田んぼに行けば逢える、
挫《くじ》けそうな時は励ましてくれる、
一緒に泣いてくれる。
そんな自己満足を十一年続けた。
一人暮らしの七十六才、
もう来年はわからない。
中秋の名月の前後四夜は二人でお月見
全く見えない年もあった。
まん丸の妻の顔と満月が重なり
思わず涙する。どうか一晩でいいから
もう一度見させてください。

田中《たなか》 澄麗《すみれ》さん（7歳・高知県）

人間は、みんなまい日おならをするのに、
どうして、はずかしかったり、
いやだったりするのかなあ。
いきをするのと同じなのに。
夏、おならが出ると、
パンツの中がちょっとあつくなります。
上をパタパタして空気を入れると、
すずしくなるけど、
ちかくにいたおじいちゃんが、
はなをつまんでわらいました。
きっと、わたしのおならには、
わらい玉が入っているんだと思います。
かみさま、大人のおならにも、
ステキなものを入れてあげて！

田中《たなか》 資二《もとじ》さん（70歳・東京都）

病室で湯呑みを洗い終えた時、
「とうさん、どけーも行かんと
こけえおって。淋しいから」
と、母のうわ言。
僕はぎょっとして振り返りました。戦後、
女性蔑視の村社会の中で育ててくれた母。
口より先に手を出す父を
心のどこかで憎んでいたはずです。
「行かん、儂《わし》はどけーも行かん」
咄嗟《とっさ》に僕は、父の声色でそう答えていました。
母は今、父とどの時代を彷徨っているのか。
「母さん、
僕の知らない父さんの話をして下さい。
本当の父さんを知っておきたいのです」

田中　優衣さん（9歳・広島県）

わたしは本が大好き
本を読むと色んなものになれる
大人やおひめ様、時には動物にもなれる
ある日、わたしの部屋のかべを
全部本だなにしてとお母さんにたのんだら、
「ゆかがぬける。」と言って
カーテンを本のがらにかえてくれた。
そういうことじゃないのにな…。
ゆかじゃなくて、
わたしがボコッとへこんだよ。
神様おねがいします。
どんなに重くしてもそこがぬけない
ま法のゆかを発明してください。
そうだ、良い方法がないか本で調べてみよう。

田村　正男さん（91歳・兵庫県）

わが家は小作の貧乏百姓で、鎮守の森で
祭りがあっても、まったく無縁だった。
その祭りの日、幼い私が、
むくれて寝ていると母《かあ》やんは、
黙って一銭玉を一個くれた。
私は森の社《やしろ》へ走り、
参道に出ていた屋台のおじさんから
一銭玉でアメ玉を二個もらい、
家に帰って母やんと一個ずつほおばった。
すると母やんは
「おかかめさん」みたいな顔をして
「うんめエ、な」と一言。満足そうだった。
あの一銭玉硬貨のカオを、見たいなあ。
〝たかが一銭玉〟ではあるが……。

千葉《ちば》 栄三《えいぞう》さん（69歳・宮城県）

子供食堂のつもりで駄菓子屋より
まんぷくセットをはんばいします。
カップめん、かしパン、バナナなどで
おんちゃんのおまかせ　おとくな
200円です!!　おかねがたりないときは
あとでもってきてください
じぶんではたらいて　おかねを
もらえるようになってからでもいいです
そのときにおんちゃんのみせが
つぶれてなくなっていたら
さいがいなどでこまっているひとたちに
きふをしてください
お願いします。
店主より

トゥムシメ ブライアンさん（21歳・東京都）

P君に会いたい。
でもそれはできない。
なぜなら、
幼い頃から私の故郷ウガンダでは
マラリアで死ぬ人が後をたたない。
私の友人や親せきにもいた。
幸運なことに私は今、
日本に留学して生命科学を勉強している。
P君のようにマラリアで亡くなる人を
一人でも減らせるように役に立ちたい。
それが私の願いだ。

東井《とおい》 宣俊《のぶとし》さん（59歳・滋賀県）

遠洋航海に向かう君へ
君が中学に行かなくなったのは、
1年生の5月。部屋に籠ったり、暴れたり、
家族を困らせました。何が原因かわからず、
ママと思い悩みました。その君が、
水産高校に行くと決め、合格。嬉しかった！
高校では寮生活で、頑張っている様子を
先生から聞き、嬉しかった！
そして、明日から、
2ヶ月間の遠洋マグロ実習です。
コロナでハワイに寄れないけれど、
同級生と精一杯、思い出が作れるでしょう。
元気に、たくましく成長して、
戻って来てください。

徳井 ゆりさん（41歳・千葉県）

働けど働けど猶わが生活楽にならざり
ぢっと手を…否、求人を見る。
コロナ禍のどさくさに紛れて
賃金を踏み倒され、
ついには職まで失ってしまった。
愛しの諭吉さんも
ソーシャルディスタンスか…
最近めっきりお見かけしなくなった。
巷は残暑とはいえ、こんなにも暑いのに、
私のサイフはコロナで寒い。
早く落ちついた生活がしたい。
コロナよ、バイバイ！
諭吉よ、コイコイ！

徳広 貞夫さん（87歳・愛知県）

晋《すすむ》へ
75年前の君だ。先頃テレビでも放映された
写真『焼き場に立つ少年』（一九四五年・長崎）。
直立不動の少年に背負われた幼児が。
敗戦直後の満州で、
中学1年の俺は食料を詰めた雑嚢《ざつのう》を襷《たすき》に掛け、
2歳の君を帯で背負って歩いた。
炎昼の日射しに俺は戦闘帽、
君は無防備だったかも。
酷寒の11月、難民収容所で君を埋葬、
栄養失調だ。
その顔が焼き場の幼児そのままだった。
最期まで泣きもグズりもせず耐えていた君。
その思いを聞かせて欲しい。

中村 千代子さん（74歳・香川県）

五つの時に母が亡くなり
十一歳違いの兄が母になった。
洗濯、お弁当、何でもしてくれた。
兄ちゃんは介護施設に入った。
半分ぼけている。
お見舞いに行くと、
枕の下から四つに折った千円札を二枚くれる。
「かりんとう買え」
私が小さい時に好きだったの、まだ覚えている。
兄ちゃんが亡くなった。
「おとさんとおかさんの所へ行くんじゃ」
毎日そう言ってた兄ちゃん。
どうか兄ちゃんが、
おとさんおかさんに早く逢えますように。

これが本当に我が家なのか
変わり果てた姿に言葉を失った。
破れた壁紙
傷だらけの柱が立ち尽くし、
ことの全貌を教える。
泥水に浸かった思い出たちは
悲しみを吸って、重さを増していた。
すくってあげられなくて、ごめんなさい…。
今年の夏は、蝉にさえ
泣く喉を与えなかった。
西陽が瞼の裏を紅く染めると、
子供の頃の私が縁側に座って
西瓜の種を飛ばしている。
大好きだった私の帰る場所
ありがとう、さようなら
早くみんなが安心して
おうちに帰れますように。

応募はがきの著作権は実行委員会にあると募集要項に明記していますが、作品集への収録には了承を得ています。ただ、上のはがきの応募者からは返事がありませんでした。内容から未着の可能性もあると思い、名前を伏せてはがき自体を掲載します。一緒に願いたい、そう考えたからです。

西方《にしかた》 由紀子《ゆきこ》さん（47歳・埼玉県）

5年後の私へ
まずは5年生存の壁は越えたね。おめでとう。
抗癌剤の治療が余りにも辛かったから、
途中で諦めたかと思ったけど根性あるじゃん。
乳癌診断された日、コロナ禍に乳癌。
生命保険未加入。唯一の稼ぎ手。
人生最多の自虐ネタを、
昨日と変わらぬ顔のお月さんに
お披露目して失笑したね。
事故で死ねたら少しは家族の役に立てるのに
なんて背を向ける私に、
最愛の娘が『生きて』と泣いた。
その真っ直ぐな想いは、5年、10年後の
私の中にも、ずっと生きているよね。

錦野 圭子さん（57歳・愛知県）

お父さん、家《うち》でやった餅つき、楽しかったね。
やってみたい、と言ったら
「監督だけならやれるかな」と。
五月に88歳で胃を全摘したお父さん。
夏を越え、この調子で…と願ったけれど
そうはいかなんだ。
むくみやだるさが増す中での餅つき。
監督だけ、のはずが、
「どきな」と杵を振り上げた。
皆ビックリ。あんな力、どこにあった?
餅つきから半年、
お父さん、よう生ききったね。
今年もやるでな、餅つき。
私のそばで監督頼むわ、お父さん。

野中　悠太郎　さん（11歳・福岡県）

ぼくは、
いつでもどこでもつりがしたいです。
学校から帰って、すぐつりをしたいのに
お母さんが
「宿題しなさい。」と言います。
先生、
今度「魚つってきなさい。」という
宿題を出してください。
大物つってきます。

花岡　正明　さん（63歳・長野県）

信州では小春日和に野沢菜を漬けます。
冬を通し田植えの頃まで食べます。
最後に酸っぱくなった野沢菜は
切り刻んで油で炒め金平にします。
二十年前の四月末日夕方、
母は買物先のスーパーで倒れました。
脳梗塞。緊急入院。
深夜に病院から帰宅し、冷蔵庫を覗《のぞ》くと、
昼間母が作った最後の金平が
タッパーに入っている。
毎年食べてきた春の味なのに、
病床の母の姿が重なると涙が止まらない。
もう一度、あの野沢菜の金平を食べたい。

兵頭 欣二さん（82歳・山口県）

一筆お頼み申します。
サルが畑に不法侵入です。
やりたい放題、傍若無人です。
当方もいろ〳〵反撃を工夫しますが、
所詮サル知恵にはかなわない。
学者先生は
「もともとサルのテリトリーを
侵略したのは人間です」と
つめたく突き放す。
行政に相談すると
「うまく共存することです」とにべもない。
その「うまく」のところを
解り易く教えて呉れんですか……。

古川《ふるかわ》 峰生《みねお》さん（82歳・神奈川県）

漆黒の毛並、エメラルドグリーンに潤む瞳。
目と目が合った。子猫が啼いた。
心が動いた。家族の一員になった。
異変に気づいた。全盲であった。
だが実に健気で分《ぶん》を弁《わきま》え、
まるで迎え入れられた事に感謝し、
それに応えるかの様に、
家族を和ませ癒した。
そして、今なお
確かな優しい温もりを遺《のこ》して、逝った。
22年6月の暗闇の生涯であった。
それ故、飼主にひたすら尽くした
その労に報いたい。
一刻で良い明の生活の体験を、それを願う。

プロポーズは突然に さん（32歳・島根県）

神様、お願いします。
どうか、時を戻して下さい。
今度こそ同じ過ちは繰り返しません。
悪気はなかったんです、本当に。
何気なく彼女に言った
「会社の寮に入る条件が婚姻していること」
が、まさかプロポーズになるなんて…。
あの日からずっと後悔しています。
神様、もう一度言います。
あの日に戻って甘く、
そして感動的なプロポーズをさせて下さい。
本当にお願いします。

堀山《ほりやま》 喜史《よしふみ》 さん（16歳・北海道）

「Remember your old days」
「百害有って一利なし」に当てはまる物は
世の中に数多くあるだろうが
ダントツ1位は、
〝抜き打ちテスト〟だ。
これは許すまじ所業である。
武士道《サムライ》精神に反する。
正々堂々と公明正大に
「する」なら「する」と伝えてもらいたい。
１００人に聞いたら１００人が
そう答えるだろう中高生達。
先生達だって昔はそう思ってたはずだろ。

間瀬《ませ》 理《おさむ》さん（15歳・愛知県）

悲劇は8月の暑いベランダから。
「ピーターが逃げた」母の大声。しまった。
籠の入り口を開けたままだった。
僕は鉄砲玉のように飛び出した。
池の周り、畑の道、林の中。いない。クソッ。
レモンのようにきれいな
セキセイインコ、ピーター。
頭をかきかきしてやるとすぐに眠くなって
僕の指に止まったままコクリ。僕もコクリ。
同じ夢を見ていたのかな。
ベランダの手摺りに黄色のリボンを結んで、
ずっとずっと待っている。
目印はここだよ。
神様、伝えてやってください。ピーターに。

松田 良弘さん（45歳・大阪府）

妻の努力と節約術のおかげで、
我が家の家計はなんとかやっていける。
頼りない私には、勿体《もったい》無い女性だ。
妻は最近、言葉も節約している。
「あれ」「これ」「それ」、この言葉だけで、
大抵のことを済ませてしまう。
私の名前も、
「ねえ」や「ちょっと」に変わった。
長い付き合い、言葉なんて要らないけれど、
どうか『愛情』だけは節約しないでほしい。
あと、お小遣いも。

三浦 紀子さん（79歳・東京都）

「ここにはばあちゃんの宝物が入ってる」。
生前、茶箪笥の一番上を
開けさせなかった祖母。
中には見覚えのある
ボロボロの絵本と漢字ドリル。
絵本には全ての漢字に仮名がふられていた。
家が貧しくて小学校に行けなかった祖母は、
孫に読み聞かせをしてあげたくて、
こっそり勉強していた。
祖母が亡くなって悲しいのに、
不思議と心はポカポカした。
私から娘へ、娘から孫へ読み継がれた絵本が
いつかひ孫へと繋がることを願います。

皆川 博美さん（40歳・埼玉県）

娘を出産し、3日後に乳癌がわかった。
息子はまだ2歳。
わからないと思って、何も話さなかった。
弱る私の隣で、息子は元気一杯。
一緒にいる時は病のことを忘れられた。
2週間後、ついに髪が抜けた。風呂場の
排水口にどっさり積もった髪を見て、
怖くなる。息子はただ黙っていた。
「わあ、いっぱいだ。」と私は必死で
ゴミ箱へ捨てた。その時息子はバイバイと
髪に手をふってくれた。
怖くなんてない、
私の髪の毛、今までありがとう。
元気になって、また、はえてきますように。

箕輪《みのわ》 琴恵《ことえ》さん（50歳・千葉県）

就職した息子が一人暮らしを始めた。
ごはんの仕度も洗濯もぐんと楽になったし、
何だか家も広くなった。
しばらくして息子から
「料理の作り方教えて。」とメールがきた。
ふうん、一人暮らし、
本気で頑張ってるんだね。
もちろんすぐ教えたが、
隠し味は教えなかった。
そのレシピでは絶対に物足りない味なのだ。
神様、これは嘘ではなく〝作戦〟です。
でもどうかご内密に。
そして時々、息子が母のごはんを食べに
帰って来ますように。

宮川 嘉之さん（43歳・東京都）

保育園の向かいに住んでいる
園児の音程のはずれた歌声も、
園庭を短い足でてくてく駆ける足音も、
ブランコかして！という
小さな身体から発せられる
大きな声も聞こえない
意外な事に仕事に集中出来ない
五月雨と共に子供たちが戻ってきた
以前にも増して有り余ったパワーで、
大きな声で笑い、泣き、
叫んで、はしゃいでいる
仕事にＢＧＭが戻ってきた
この普通の日々が続きますよう

村上 知子さん（62歳・兵庫県）

今年、私はあなたの歳になりました。
鏡の中にふと
あなたを見つけることがありますよ。
天ぷらを揚げるとき、
気がつけば腰に手を当てて立っている。
そして今、一人暮らしの娘に宛てて、
荷物を送ってる。
隙間に駄菓子を詰め込んで。
みんなあなたがしてたこと。
この先は…。
あなたも知らない初めての旅。
あなたが見ることのできなかった景色を
たくさん見せてあげたい。
もう一度出発だね、お母さん。

村瀬 保子さん（77歳・大阪府）

父は私が生後六ヶ月の時に出征、
その半年後に戦死。
戦死への諦めはとうについておりますが、
父への思いは75年が過ぎた今も
消えることはありません。
ビルマの北部のどの辺りで、
どんな最期だったのか。
どうぞそれだけでも教えて下さい。
たとえ野ざらしの中、骨が形を
留めていなくても私は必らず会いに行きます。
会って抱きしめてあげたい。
そして一緒に泣きたいのです。
それで父と私の長い戦後は
やっと終わるのかもしれませんから。

森田　こころ さん（11歳・神奈川県）

妹へ
私の大切な物にかぎって落書きしたり、
とったりするのはやめてください。
私のせいにするのはやめてください。
私たちは八つはなれています。
八年前はひとりっ子で
沢山かまってもらえました。
ですが、あなたがうまれてからは大変です。
それでも私は
あなたがかわいくてたまりません。
どうしてですか
あなたにも妹ができればわかるのに。
でももっと私が大変になってしまうか…。

森山　美代 さん（75歳・千葉県）

戦後の貧しい頃のある日、
母がどこかで食パンを買ってきたのです。
そして、コンロに網を置き、
食パンを焼いてバターをぬってくれたのです。
パンの焼ける匂いとバターの香りが台所に
拡がってとても幸せな気分になりました。
その後、何度バターを食べても
その時の香りはないのです。
あの香り高いバターを
口にすることが出来れば
どんな御馳走を口にするよりも
心豊かな気分になれそうな、
そして亡母の笑顔に会えそうなと思うのです。

安田《やすだ》 順子《じゅんこ》さん（68歳・岡山県）

あなたと海辺をドライブしたい。
結婚して45年。それは夢に終わりそう。
今から免許をとるには、既に返納の年齢。
昔、私が出かけて駅に着いたら大雨。
タクシー乗り場に向かう私の前にあなたが
王子様のように自転車に乗って現れた。
私の傘と長靴を持って。結局
殆ど雨に濡れながらの二人乗りの帰り道、
友達に昭和レトロだねえと
笑われたけど　幸せだった。
あともう少し。残りの人生を
楽しくゆっくりと歩んでいけますように。
年とった王子様と。

山口《やまぐち》 浩輝《ひろき》さん（10歳・愛知県）

ぼくを信用して!!
犬をねかせつけていた。
おばさんが夕方の買い物に出かけて行った。
「鍵を閉めてね!!」と言われたので、
すぐ閉めた。
心配性のおばさんが戻って来て、
ドアをガチャガチャさせた。
せっかくねたのに犬が起きてしまった。
ぼくを信用してほしかった。

山下《やました》 慶《かける》さん（22歳・東京都）

私は18歳の冬に進学を選ばなかった。
芸人を目指すと心に決め、
上京すると打ち明けた。
頑固で無口な父は、何も言わなかった。
勢いだけで手はずを整え、
私の気持ちはすでにこの家になかった。
いざ出発の朝、父が珍しく起きてきた。
「東京は寒いぞ」と一言。
その言葉に拍子抜けした。
どうせ分かってくれないと、
一人で生きてる気でいた自分が、
心の底から情けなかった。
今は目に見える結果が欲しい。
少しでも早く、安心させたい。

山下 みのりさん（21歳・兵庫県）

女子大生としての最後の夏は全部の計画が
台無し。謳歌《おうか》する気満々だったのに。
まったく、コロナめ…
単身赴任中のお父さん。一人暮らしのお兄ちゃん。
何でこんなときだけ心配になるんだろう？
保障された未来なんて
今までだって無かったはずなのに。
誰かのことを「想う」って
こんなにも怖くて温かい。
ああ、早く県外に住んでる
病気のおばあちゃんに会いに行きたい。
大学の友達とバカなことで笑い合いたい。
コロナめ、お陰で
かけがえのないことに気付けたよ。

女子大生としての最後の夏は全部の計画が台無し。
謳歌する気 満々だったのに。
まったく、コロナめ…

単身赴任中のお父さん。一人暮らしのお兄ちゃん。
何で こんなときだけ 心配になるんだろう?
保障された未来 なんて今までだって無かったはずなのに。
誰かのことを「想う」って こんなにも 怖くて温かい。

ああ、
早く県外に住んでる病気のおばあちゃんに会いに行きたい。
大学の友達とバカなことで笑い合いたい。

コロナめ、お陰で かけがえのないことに気付けたよ。

統計を取ったわけではありませんが、1行の空きを取りながら各パラグラフが、序破急、起承転結といった展開を生みだす書き方は、20代、30代に多く見受けられるようです。山下さんの作品も個人の心情→家族を通しての気づき→願い→まとめ——と、テンポよく構成されています。

山田《やまだ》 理湖《りこ》さん（7歳・静岡県）

おじいちゃんへ
おげんきですか。
十二がつくろいようふくのまま
ようちえんにいったよ。
おゆうぎかい、
おじいちゃんはたのしくみてくれた？
りこは四がつに一ねん生になったよ。
ランドセルすがたみてくれている？
おじいちゃんともっとあそびたかったよ。
おじいちゃんのすきなしろいおはなを
もって　またあいにいくね。
あついからいっぱいおみずいれとくね。

山本《やまもと》 聖代《まさよ》さん（54歳・和歌山県）

私には大切な大切な宝物があった。
それは亡き母が最期に残してくれた
ふっくらとして、やわらかい梅干しだ。
母そのものだ。
風邪を引いた時などはこの梅干しを潰して、
熱い番茶と共に飲む。
「これで大丈夫よ」と枕元で
母がニコニコと笑っていた。
毎日のお弁当にも必ず入っていた。
空っぽになった壺を洗いながらふと思った。
私も母のような梅干しをつくりたい。
そして母のような人になりたい。
応援してくれませんか？

湯浅 佳子さん（46歳・京都府）

お母さん、七年ぶりに行った
万年筆屋さんは店の佇《たたず》まい、
店主のおじさんもあの頃のままでした。
思い出の万年筆を失くし
数年経ち同じ物を買いにきたと話すと
「物にも思いがあります。
また思い出を作って下さい」
と言って下さり泣いてしまいました。
お父さんとの新しい思い出が
作れないと思い込んでいた私。
私の中で生き続けている限り、
新しい思い出が作れると気づきました。
おかえり。はじめまして、私の万年筆。

横内 しげみさん（85歳・長野県）

長生きをしたばっかりに
新型コロナに遇ってしまった。
マスクが足りないと
世の中大騒ぎとなり手作りを始めた。
知人に配っているうちに
作ることが祈りになった。
私が何枚のマスクを作ったら
コロナ禍が終息するかと「願」をかけた。
三百枚のマスクを作った今も
感染者は増し続けている。
老若男女マスクを外して
笑顔になれる日まで
祈りを込めて作り続ける。

横尾　悦子さん（68歳・愛知県）

カーテンで仕切られた、3畳ほどの空間、
ベッドが1つ
よく笑う、おしゃべり大好きな夫が
声を命のかわりに手放して、
静かに静かに、私をまってる病室。
なのに、
その空間はなんと暖かいんです。
筆談とジェスチャーで私を笑し
わがままいって私をこまらせるけど
やさしく微笑むんです。
辛くないはずはないのに　強いんです。
ちょっと惚れ直したけど……
もう一度　よんでほしい　私の名前。

吉岡《よしおか》　晶子《あきこ》さん（88歳・広島県）

私は、本年米寿を迎えた
一卵性双生児の姉の晶子。
妹は昌子。
田舎の村で、出産時は
全てお産婆さんのお助けで生まれました。
母乳だけでは足りず山羊の乳にも助けられ、
二人揃ってめでたく
米寿を迎えることが出来ました。
容姿が同じなので間違えられることが常。
恥ずかしくもあり面白くもある人生でした。
足腰曲がった現在の願いは、
「晶昌の二人が、
同年同日同時刻に成仏できますように」
ということです。

吉冨 哲郎さん（70歳・千葉県）

バブルがはじけて高度成長が終わり、
日本は新たな成長軌道を模索しながら
果たせないでいる。
この間、景気対策などの名目で
巨額の国債が発行され、その残高は
今年度末には1千兆円に達する見込みだ。
借金の痛みが薄れ、返済の道筋は
全く見えない。かつて時代の踊り場では
危機意識を持った若者が
喧々諤々《けんけんがくがく》の議論をして方向を決めてきた。
若者は沈黙して、今その光景は見られない。
未来を生きる若者よ、行動するのは今だ。

吉本 千枝子さん（78歳・神奈川県）

プオウ〜の一笛いつまでも
渋谷駅から恵比寿駅の間に
線路を挟む陸橋があります
近隣の保育園の子供達の散歩コースです。
今日も陸橋のフェンスに顔をはりつけ
電車が来るのをじいっと待っています。
来ました湘南スカイライナーです
電車はまたたく間に走り去ります
プオウ〜と一笛残し、やった!!
子供達の笑顔がはじけます
どうぞいつまでもプオウ〜で子供達を
喜ばして下さるようお願い致します。
幼き日の大切な思い出として

渡辺 とし江さん（71歳・静岡県）

74才になる夫は、
近くの町工場のパート旋盤工だ。
冷房がない狭い工場で、
汗まみれで働いている。
お給料は自分の煙草と酒代に
ほとんど消えるが、
唯一の楽しみは孫達の靴を買うことだ。
サイズがあわなくなったと言っては、
2人を車に乗せて意気揚々と出かける。
買ってやった靴で家の中を走り回る
孫達を見て、如何にも誇らしそうだ。
夫の作業着を洗濯機に入れながら、
「爺の靴大臣」が
いつまでも続きますようにと願った。

◉「一言《ひとこと》の願い」と一言主《ひとことぬし》神社のつながり

吾は悪事《まがごと》も一言、善事《よごと》も一言、言離《ことさか》の神、葛城一言主《かつらぎひとことぬし》の大神《おおかみ》なり。

はるか昔。奈良県葛城の山中で狩りをしていた雄略《ゆうりゃく》天皇は、自身にそっくりな人影を目にして名前を尋ねました。返ってきたのが右の答えだったと『古事記』にあります。われは凶事も吉事も一言で言い放つ一言主大神であるぞ、と。そんな神の力を頼みとして、人々はやがてこの神様を「一言《いちごん》さん」と親しみをこめて呼び、一言の願いであれば何でも叶えてくれると信じるようになったといいます。実は、一言主大神を祀る神社は全国各地にあるのですが、奈良県御所市の山麓に佇《たたず》む、葛城一言主神社が総本社です。

この神社から歩いて十五分ほどのところに、われらが郵便名柄《ながら》館はあります。二〇一五年、郵便名柄館が再建され、それを記念するこのコンクールが始まったとき、館の再生プロジェクトに深く関わり、コンクールを発案した堺屋太一《さかいやたいち》さんが「なじみ深い一言主神社に

昨年境内に建立された雄略天皇像（加藤巍山作／撮影・米田巧）。

ちなんで『一言の願い』をテーマにしよう」と提案されました。募集を始めると反響続々。「一言の願い」には心のどこかを目覚めさせる働きがあるのかもしれません。

寄せられるはがきには、「一言主の神様へ」から始まる文面がたくさんあります。そんなはがきは選り分けて、受賞作が決まった後で一言主神社の伊藤明宮司に祈禱していただきます。すると、毎年募集期間には「願いが叶いました！」という電話を複数受けます。応募はがきにそのことが書かれていることもあります。一言さんのご利益でしょうか。

銅板葺の屋根が美しい本殿。受賞者・同伴者の有志は間隔を空けつつ参拝しました。

第6回コンクールでは表彰式の後、ソーシャルディスタンスを取るために有志の方々がグループに分かれて一言主神社を参拝しました。

夕日が射す境内で、黄金色に色づいた樹齢千二百年のイチョウがキラキラと輝いています。すべての一言の願いが叶いますように、と胸のうちで一言、願わずにはいられませんでした。

●一言主神社ホームページ
http://hitokotonushi.or.jp

◉協力・後援・協賛会社について

はがきの名文コンクールは「はがきを書き送る行為を文化と捉え、その文化を広く維持し、将来に引き継いでいく」ことを目的として運営する運動体です。コンクールという場を設けてはがきを書く機会、書かれたはがきを読む機会を多くの方々と共有することを目指しています。

第6回コンクールは、「コロナ禍」と言われる状況にあったにもかかわらず、右の趣旨に賛同してくださる企業、組織がご支援くださって開催がかないました。

協力、後援、協賛してくださった会社、組織に深く感謝しつつ、左の頁にお名前を列記します。

協力・後援・協賛会社一覧

●協力＝ 日本郵便株式会社　奈良県御所市

●後援＝ 文部科学省　総務省　朝日新聞社

●特別協賛＝ 株式会社エコリカ　DyDo
DNP 大日本印刷　東京書籍
TOKIWA トキワ印刷株式会社
TOPPAN　JP POST 日本郵便

●協賛＝ 新生紙パルプ商事株式会社　SCOPE
ナント・なら・ずっと! NANTO 南都銀行　OVOL 日本紙パルプ商事株式会社
日本語検定委員会　日本製紙株式会社
Benefit one　HOKUETSU 北越コーポレーション株式会社
popal 株式会社ポパル　MITSUBISHI PAPER MILLS LIMITED 三菱製紙株式会社

●主催＝ はがきの名文コンクール実行委員会

◉「第7回　はがきの名文コンクール」を開催します。

令和三（二〇二一）年、第7回はがきの名文コンクールを実施します。

募集要項は次の通りです。

テーマ　**一言《ひとこと》の願い**
※第4回コンクールからこのテーマが定番となりました。

応募方法　はがきに20字以上２００字以内の日本語の文章で願い事を綴《つづ》って、左の宛先に送ってください。

一枚のはがきに一つの願い事を作文してください。書き方は自由です。

差出人の名前、住所、年齢、性別の記載を忘れずに。

個人情報は主催者が厳重に管理します。

はがきは63円です。

料金不足は失格になりますから気をつけてください。

宛先　〒639-2321　奈良県御所《ごせ》市名柄《ながら》326-1
郵便名柄館「はがきの名文コンクール」行
応募締切　二〇二一年九月一三日（当日消印有効）
表彰　大賞　一名　賞金一〇〇万円
佳作　一〇名　賞金一〇万円
日本郵便大賞　一〇名　ふるさと小包・毎月一回一年間贈呈
郵便名柄館賞　一〇名　御所市の名産品セット贈呈
選考委員　五木寛之（作家）／村山由佳（作家）／齋藤 孝（教育学者・明治大学教授）
なお、応募はがきはお返ししません。また、ご応募いただいた作品の著作権（著作権法第27、28条の権利を含む）は、はがきの名文コンクール実行委員会に属します。応募は未発表の作品に限り、既に発表されている作品は、選考対象外とします。また、作品を出版物等に掲載する時、右実行委員会が、文面を整えることがあります。
あなたのはがきをお待ちしています。

◉Q&A

過去6回のコンクールで多く寄せられた質問とその答えです。

Q1　何を書けばいいですか?
A　第7回はがきの名文コンクールのテーマは、第4回から続く「一言の願い」です。20字以上200字以内の日本語の文章で、一枚のはがきに一つの願い事を書いてください。あなたの胸の中にある願い事であれば、どんな願いであってもいいのです。日本語の一部であれば、算用数字、ローマ数字、アルファベットの使用は可能です。
手書き、その際の筆記用具、パソコン入力、印刷など、書き方は問いません。写真や絵があってもいいのですが、選考の対象にはなりません。

Q2　応募資格は?
A　年齢も性別も職業も問いません。ご自身の願いを書いたはがきを投函すれば、どなたでも応募できます。もし、差出人の実名を書けない事情があれば、ペンネームでも大丈夫です。ただし受賞された場合、差出人欄に書かれたお名前宛てに受賞をお知らせする封書をお送りしますので、受け取れるように図ってください。

Q3　句読点は字数に含まれますか？
A　表現の仕方によって、句読点の有無は異なるので、句読点は数えません。ただ、「」や！？といった記号はそれぞれ一字に数えます。「」であれば、「で一字、」で一字です。!?と横に二つ並んでいれば、これを一字と数えます。

Q4　海外から応募できますか？
A　海外からの応募も大歓迎です。ただ、切手代金が国内とは異なり、応募される方の負担となることをご了承ください。サイズは国際郵便はがきに準じてください。

Q5　受け付けるのは郵便はがきのみですか？
A　私製はがきに63円分の切手を貼って投函しても結構です。国内郵便の場合は63

円切手で送ることができるサイズを目安にしてください。63円で郵送できない変形のはがきは選考の対象にならない場合があります。また、便箋や折り畳み状のカードに書かれた作品は、字数が規定通りであっても選考の対象になりません。お気をつけください。
Q6　応募は一枚のみですか?
A　何枚応募されても結構です。ただし、一枚のはがきに一つの願い事をお書きください。複数枚をまとめて封筒でお送りくださっても受け付けます。学校やクラブなどの組織単位で、相当数にまとめたはがきを封書で送ってくださっても受け付けます。一枚ずつ差出人情報を記載することをお忘れなく。
Q7　「一言の願い」の「一言」はどういう意味ですか?
A　「一言」は短文と考えています。規定の200字以内であれば、一つの文でなく複数の文のつらなりであるのは自然なことです。
Q8　受賞するのはどんな作品ですか?

A　選考は、二つの点をものさしとして行なわれます。
①願い事の内容＝感動的な願い、ユニークな願い、共感を呼ぶ願いなど、願い事の内容が読み手にどう訴えるかと考えながら選びます。
②願い事の書き方＝言葉のセンス、文章の美しさ、味わい、独創性など、書き方について注意して選びます。
Q9　はがきを投函した後で間違いに気づきました。訂正をお願いできますか？
A　非常にたくさんの応募をいただくため、該当するはがきを見つけ出すのはとても困難です。できれば、同じ作品をもう一度書いてお送りください。
Q10　受賞作はいつ、どうやってわかりますか？
A　最終選考会は10月に開催する予定です。受賞作が決まったら、まず受賞者にのみ差出人欄の住所宛てに郵便で通知します。受賞者が確定しましたら、受賞作について秋から初冬までの間に、朝日新聞紙面にてご報告できるよう準備を進めています。また、同じ頃にＨＰでもご紹介します。

はがきを原稿用紙に！ 切って貼ってお使いください。

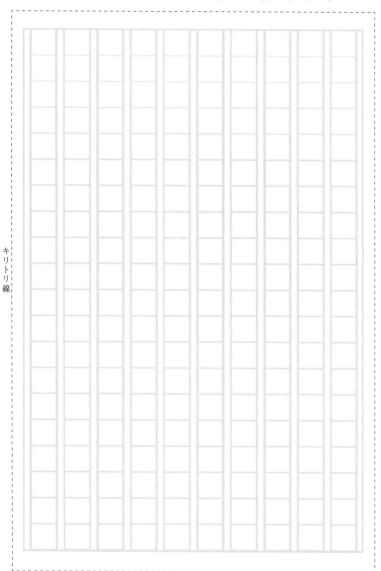

キリトリ線

この面を切り取ってはがきに貼ると、200字のマス目になります。

校正　青木一平
DTP　天龍社

はがきの名文コンクール　第6回優秀作品集
二〇二一年七月三十日　第一刷発行
編著者　はがきの名文コンクール実行委員会

発行者　土井成紀
発行所　NHK出版
〒一五〇－八〇八一　東京都渋谷区宇田川町四一－一
電話　〇五七〇－〇〇九－三二一（問い合わせ）
〇五七〇－〇〇〇－三二一（注文）
ホームページ　https://www.nhk-book.co.jp
振替　〇〇一一〇－一－四九七〇一
印刷・製本　凸版印刷

Printed in Japan　ISBN978-4-14-005720-9　C0091

お問い合わせ
はがきの名文コンクール実行委員会
03-6272-5027
2021年7月26日から電話開通
ただし、平日10時～16時、2021年9月14日までの受付となります。

https://www.hagaki-meibun.or.jp/hagaki2021/
上記ホームページのコンタクトフォームもお使いください。
「よくいただく質問」と回答も掲載しています。